KB094970

목탁 木鐸

목탁 2

검자 新무협 판타지 소설

초판 1쇄 찍은 날 § 2016년 1월 21일
초판 1쇄 펴낸 날 § 2016년 1월 28일

지은이 § 검자
펴낸이 § 서경석

편집책임 § 한준만

펴낸곳 § 도서출판 청어람
등록번호 § 제387-1999-000006호
등록일자 § 1999. 5. 31
어람번호 § 제2-2635호

주소 § 경기도 부천시 원미구 부일로 483번길 40 서경B/D 3F (우) 14640
전화 § 032-656-4452 팩스 § 032-656-4453
http://www.chungeoram.com
E-mail § chungeorambook@daum.net

ISBN 979-11-04-90273-4 04810
ISBN 979-11-04-90271-0 (세트)

검자 新무협 판타지 소설

木鐸

목탁

2

第一章
선녀의 향기

부관 위수천은 제독의 명령이 썩 내키지 않았다.

상대가 아무리 해적이라지만 수군제독으로서 공공연하게 약속을 한 것이다.

해적들이야 그렇다 쳐도 수많은 부하 장수와 병사들이 현장의 증인이다. 약속을 하지 않았다면 모르되 한 번 한 약속을 손바닥 뒤집듯 뒤집는 건 남자로서 당당한 일이 아니다.

특히 일국의 제독은 그 말이 천금과 같아야 하는데 해적에게 암계를 쓰는 건 부끄러운 일이다.

대대로 무인 집안 출신인 위수천은 심란한 마음으로 갑판을 어슬렁거렸다.

아무리 상관의 명령이라도 무인의 원칙과 양심에 반하는 일은 하고 싶지 않았다.

저항하는 적은 당연히 섬멸의 대상이지만 백기를 들고 투항한 적에겐 관용을 베푸는 게 무인의 기본 도리 아니겠는가?

그러나 상명하복의 군율은 지엄하다.

'차라리 전투를 치러서 섬멸할 것이지……'

투항한 자들을 죽인다는 게 영 내키지 않았다.

그렇다고 상관의 명령을 안 따를 수도 없다.

목탁을 죽이지 않으면 분명히 자신에게 그 책임을 물을 것이다.

제독의 영향력이 막강하다는 것은 누구보다도 위수천이 잘 알고 있었다. 한 번 잘못 보이면 앞으로 진급은 고사하고 좌천되거나 옷을 벗어야 할지도 모른다.

그 정도로 끝나면 다행이지만 거기서 더 꼬이면 위수천 자신의 목숨을 대신 내놓는 일이 생길 수도 있었다.

아니, 어쩌면 이 문제는 자신의 문제로만 끝나지 않을지도 몰랐다.

명령 불복종에 따른 처벌 관례대로라면 형제들과 가족들에게도 불이익이 돌아갈 것이다.

아버님은 강직한 무인이니까 자신을 이해해 주실 수 있겠지만, 아무것도 모르는 어머니와 처, 자식들의 인생은 어찌 될 것인가?

죄 없는 형제들도 불이익을 당하면 자신을 원망할 게 자명했다.

위수천은 자신의 보신과 안위, 무장의 자존심과 명예 사이에서 갈등하며 고심하였다.

위수천의 고민을 아는지 모르는지 목탁은 새로운 인생 설계를 구상하고 있었다.

처음에 배를 탄 건 돈을 벌기 위해서였다.

'다시는 배를 타지 않겠다.'

해적 노릇과 무인도 경험으로 인해서 다시 배를 타고 싶은 생각은 들지 않았다.

5년이 훌쩍 지났으니 이젠 어린 나이가 아니다.

어느덧 대장부 나이 스물일곱 살이 되었다.

열한 살부터 저잣거리를 떠돌며 십 년 넘게 건달로 살았다.

이젠 뭔가 안정된 직업을 갖고 안락한 생활을 누리면서 편히 살고 싶었다.

육지에 도달하면 면죄부를 받는 즉시 새로운 인생을 살아가리라.

무인도에서 꿈에도 그리던 그녀와 함께……

그런 생각을 하자 가슴이 뿌듯해지고 입가에 자신도 모르게 미소가 떠올랐다.

안락함을 꿈꾸자 마음이 느긋해지고 솔솔 잠이 몰려왔다.

비몽사몽 아련한 머릿속에 홀연히 떠오르는 한 얼굴이 있다.

꿈에도 잊지 못할, 가슴속 깊은 곳에 품은 여인.

어쩌면 지난 5년간의 일은 모두 그녀로 인해서 비롯된 것이라 해도 과언이 아니다.

물론 자신 스스로 결행한 일이니까 그녀는 아무 관련도 없고 아무런 잘못이 없다.

'그녀는 날 기억이나 하고 있을까?'

*　　　*　　　*

곽청!

산동성 삼대부자 중 한 명인 곽진걸의 셋째 딸이다.

곽청은 양귀비와 서시, 초선을 능가하는 미인으로 소문이 났다.

위로 두 언니는 이미 출가하였는데 그녀는 혼기가 찼음에도 어쩐 일인지 아직 혼사를 치르지 않았고, 매파가 뻔질나게 드나들어도 그녀가 모두 퇴짜를 놓고 있다고 했다.

"도대체 얼마나 눈이 높기에 그렇게 도도하게 구는 거야?"

"황태자비 간택이라도 기다리나?"

속 모르는 사람들이 입방아를 찧을수록 소문만 무성해졌다.

아무도 본 녀석이 없지만 폐화수월, 화용월태 어쩌고 해가며 사내놈들은 몸살을 앓았다.

목소리를 들어본 적도 없는 놈들이 그녀의 목소리는 은쟁반에 옥구슬 굴러가는 소리라느니 아름다운 새가 지저귀듯하다느니 온갖 미사여구를 다 갖다 붙였다.

호기로운 놈들은 그녀의 얼굴을 한 번이라도 보겠다고 무작정 그녀의 집 주변에 진치고 기웃거리기도 했다.

"아랫마을 막칠이 놈이 담을 넘었다가 매타작을 당했다지?"

"태수 둘째 아들이 청을 넣었다가 퇴짜를 맞았다던데."

"그뿐이 아냐. 인근 마을의 유력한 집안은 모두 혼사를 넣었는데 그녀가 요지부동이래."

"햐! 좌우간 여자는 예쁘고 봐야 해."

"예쁜 것보다 돈이지. 집안에 돈이 많으니까 아쉬울 게 없는 거지."

"하긴 잘나고 예쁜데 돈까지 많으니 어떤 남자가 눈에 차겠어."

그러나 정작 그녀를 제대로 봤다는 사내 녀석은 없고 소문만 불어났다.

소문에 곽청은 어려서부터 병치레가 많았고 불치병을 앓고 있다고 했다.

미인박명이라는 말이 그녀에게 부합되는 말인 듯했다. 그리고 예쁜 꽃에는 가시가 있듯이 곽청의 성질이 보통이 아니라고들 했다.

"성질이 불같아서 제 아비도 쩔쩔맨대요."

"어려서부터 무공을 배워서 수틀리면 남녀노소 구분 없이 지랄을 친대."

발 없는 말이 천 리를 간다고 했다.

아니 땐 굴뚝에 연기가 날 리가 없다.

어쨌든 소문은 있고 진실은 아무도 모른다는 것이었다.

그저 사람들이 제멋대로 지어낸 말들이 그녀의 명성을 더 높일 뿐이었다.

곽청의 아버지 곽진걸은 작은 염전으로 시작해 수산물 유통으로 입지를 다졌고, 해상 무역으로 당대에 거부를 거머쥔 입지전적인 인물이었다.

사람이 살아가는 동안 소금과 수산물 섭취는 필수불가결한 일이다.

소금 생산과 수산물 유통.

그는 사람이 살아가는 한 무조건 돈을 벌 수 있는 구조를 갖춰놓고 있었다.

산동성 사람들은 그가 소금으로 많은 돈을 벌었다고 하여 소금대왕이라고 불렀다.

그러나 그 말은 그의 인색함을 소금에 빗대어 비웃는 것이기도 하였다.

곽진걸은 그런 말에 눈 하나 까딱하지 않았다.

누가 짠돌이, 왕소금이라고 놀리면 이렇게 대꾸해 줬다.

"싱거운 놈, 소금이나 좀 쳐 주랴?"

어쨌거나 뭇 사내들은 곽청을 연모했고, 건달 이삼사도 남몰래 흑심을 품었다. 그러나 언감생심 감히 넘볼 처지가 아니라는 것을 그도 잘 알고 있었다.

그저 그림의 떡처럼 입맛을 다시거나 꿈속에서 만나기를 기대하는 게 고작이었다.

운명의 그날은 춘절 바로 전날이었다.

이삼사는 간밤에 홍등가에서 뒷골목 친구들과 진하게 술을 들이붓고 정오가 한참 지나서야 일어났다.

그는 머리가 깨질 듯이 아픈데다 속이 쓰려 해장국 생각이 간절했다.

쓰린 속을 달래려 손으로 배를 문지르며 인상을 구긴 채 저잣거리 쪽으로 가고 있었다.

홍등가와 저잣거리 구역 사이로 운하가 흐르고 있고, 두 구역을 잇는 건 운하 위에 놓인 다리였다.

다리는 마차가 양쪽으로 지나갈 정도로 비교적 폭이 넓었다.

탕! 따따따탕!

이삼사가 다리 초입에 들어설 때 아이들 몇이 불꽃놀이 화약을 터뜨려 댔다.

춘절을 앞두고 어디서나 벌어지는 당연한 풍경이다.

그러나 아무 생각 없이 걷다가 화들짝 놀란 이삼사는 버럭화를 내며 욕을 퍼부었다.

"이 개호로 자식들아! 애 떨어지겠다!"

"아따, 술꾼이 술이 깨지 뭔 애가 떨어진대요?"

아이들은 야무지게 대거리를 하며 이삼사와 맞먹자고 들었다.

그런데 폭죽 소리에 화들짝 놀란 건 이삼사뿐만이 아니었다.

마부가 하품을 하며 느릿하게 몰던 마차의 말이 폭죽 소리에 놀라 경기를 했다.

이히히히힝!!

말이 두 발을 높이 치켜들고 비명을 질러댔다.

말이 놀라 날뛰자 잠이 깬 마부는 그저 놀라서 입을 딱 벌릴 뿐이었다.

"어, 어어! 어이쿠!"

쿵!

졸다가 몸이 옆으로 쏠린 마부는 자세를 바로 하지 못하고 그대로 마부석에서 땅바닥으로 굴러 떨어졌다.

"어어, 저, 저……."

땅바닥에 쓰러진 마부는 미처 몸을 일으키지도 못하고 달려가는 마차를 바라볼 뿐이었다.

말은 마부 없는 마차를 혼자 끌며 미친 듯이 다리 위를 질주했다.

콰르르르!

한가로이 다리 위를 걷던 사람들은 대경실색하며 황급히 몸을 피했다.

"피, 피해라!"

"어, 어……."

두두두두!

바로 그때, 다리 한복판에서 졸지에 마차를 맞닥뜨린 이삼 사가 할 수 있는 건 눈을 크게 뜨고 입을 벌린 채 말을 더듬는 게 다였다.

"어……."

길들여진 말은 본능적으로 사람을 밟지 않고 피하려는 습성이 있다.

달려오다 이삼사를 발견한 말이 다시 앞다리를 높이 치켜
들었다.

히이이이잉!

이삼사는 본능적으로 말을 막아야 한다는 생각이 들었다.

그가 양팔을 쫙 벌리고 말 앞을 막아섰다.

치켜든 말의 앞다리가 이삼사를 내리찍으려는 찰나, 이삼사
가 몸을 날려 말의 앞가슴에 착 달라붙었다.

나름 싸움패로 이름이 난 이삼사는 무공은 몰라도 날렵하
기로는 알아주는 건달이었다.

찰나의 순간에 땅을 박차고 말을 목을 끌어안는 이삼사의
동작은 신기에 가까웠다.

그러자 놀라서 날뛰던 말이 제자리에 멈춰 섰다.

천우신조!

한마디로 운이 좋았다.

만약에 이삼사를 발견한 말이 옆으로 방향을 틀었으면 이
삼사는 마차 바퀴에 치일 수도 있었고, 말발굽에 찍히거나 깔
릴 수도 있었다.

그리 되면 어디 한 군데 부러지거나 으스러질 게 뻔했다.

사력을 다해 말의 목을 잡고 앞가슴에 달라붙어 있던 이삼
사는 안도의 한숨을 내쉬었다.

"히유~"

털썩!

이삼사는 살았다는 안도감에 긴장이 풀리자 전신의 힘이 쭉 빠져나가 땅바닥으로 떨어졌다.

다리를 지나다 그 모습을 본 사람들 몇이 이삼사의 날램과 용기를 칭찬했다.

"대단한 용기야. 맨몸으로 말을 막고 잡아 세우다니."

"물 찬 제비, 아니, 비호처럼 동작이 날래구먼. 정말 아슬아슬했어."

"요즘 같은 세상에 자신의 몸을 던져 사람을 구하다니. 진짜 의인일세."

잠시 뒤, 마차의 휘장이 열리고 귀여운 처녀와 단아하고 아리따운 처녀가 얼굴을 내밀었다. 말의 질주에 어지간히 놀랐는지 파랗게 질린 얼굴이었다.

그녀들은 황급히 마차에서 내려 이삼사의 곁으로 다가왔다.

"저어, 괜찮으세요?"

"……"

이삼사는 눈을 뜬 채로 멍하니 하늘만 바라보고 있었다.

아리따운 처녀가 근심 어린 목소리로 말했다.

"죽었나?"

"아, 아니에요. 눈을 뜨고 있잖아요."

이삼사는 아직 숙취가 심한 데다 자신이 괜찮은지 아닌지 잘 몰라서 대답을 못했다.

여전히 얼빠진 모습으로 누운 채 눈을 빤히 뜨고 있던 이삼사의 눈에 자신을 내려다보는 두 여자의 얼굴이 들어왔다.

한 여자는 귀엽다는 느낌, 한 여자는 마치 선녀 같았다.

'예뻐도 지나치게 예쁘다. 이렇게 예쁘다면 필시 사람은 아니고 선녀… 그렇다면… 헉! 나… 죽은 건가? 아, 씨, 이렇게 죽으면 안 되는데……'

그런데 새콤달콤한 감미로운 여자의 향기가 솔솔 이삼사의 코를 간질였다.

이어서 청아한 선녀의 음성이 귀에 들려왔다.

"코를 벌름거리는 걸 보니 육신은 살아 있네."

이삼사는 그녀의 말에 살짝 얼굴을 붉히며 숨을 멈췄다.

아리따운 선녀가 귀여운 여자에게 지시를 내렸다.

"향아, 얼른 따귀 쳐!"

"……?"

선녀의 느닷없는 지시에 이삼사는 잠시 멍해졌다.

얼른 무슨 말을 하려고 했지만 말이 입 밖으로 튀어나오지 않았다. 아니, 말하려는 순간에 귀여운 여자가 자세를 낮추고 재빨리 그의 따귀를 쳤다.

짜악!

귀여운 여자의 손은 매웠다. 눈물이 찔끔 나올 만큼 아팠다.

이삼사가 막 성질을 부리려는데 선녀가 옷소매를 걷어붙이는 모습이 눈에 들어왔다.

"좀 세게 쳐야지 그렇게 쳐서 정신이 돌아오겠니?"

그 말에 화들짝 놀란 이삼사가 상체를 벌떡 일으켰다.

"지금 뭐 하는 겁니까?"

이삼사가 일어나 버럭 소리를 지르자 아리따운 선녀와 귀여운 여자가 손을 맞잡고 환호했다.

"꺄아! 살아났어!"

"아씨, 제가 살려냈어요!"

이삼사는 그녀들의 호들갑에 어처구니없었다.

"살려내긴 뭘 살려내? 내가 언제 죽기라도 했나?"

"향아, 이 사람 좀 전에 죽었지?"

"예! 분명히 눈은 떴지만 혼이 빠져 있었어요."

"이봐요, 우리가 재빨리 그쪽의 따귀를 안 쳤으면 혼이 안 돌아왔을 거예요."

"맞아요. 방금 전에 혼은 떠나고 몸만 있었어요."

선녀와 귀여운 여자는 자신들이 재빨리 따귀를 쳐서 몸을 떠나간 이삼사의 혼을 다시 불러들인 것이라고 주장했다.

그런 사연으로 이삼사와 그녀들은 서로 생명의 은인이 되었다.

뒤늦게 마차에서 굴러 떨어진 마부가 헐떡이며 달려왔다.

"아씨, 괜찮으십까요?"

"예, 이분 덕분에 마차가 멈췄어요."

선녀는 이삼사를 자신의 집으로 초대했다.

"혼이 빠질 만큼 놀라셨으니 우리 집에서 좀 쉬었다 가세요."

마차는 4인승으로 좌석은 여유가 있었다.

이삼사는 아리따운 두 여인이 발하는 향기에 취해서 차츰 정신이 아득해졌다.

얼떨결에 마차에 오르긴 했지만 그녀가 누군지, 그녀의 집이 어딘지도 모른다.

그러자 일순 불길한 생각이 그의 뇌리를 스쳤다.

'가만, 내가 지금 죽어서 어디론가 가고 있는 건 아니지?'

"워워워~!"

이윽고 어느 대저택 앞에서 마차가 멈췄다.

마차에서 내린 이삼사는 입을 딱 벌렸다.

마차가 멈춰 선 곳은 꿈에도 그리던 그곳, 선망과 동경의 그녀가 사는 곳, 바로 대부호로 소문난 소금 왕 곽진걸의 대저택 뜨락이었다.

아리따운 선녀가 바로 곽진걸의 셋째 딸 곽청이었다.

*   *   *

갑판 바닥에 누워서 추억을 되새김질하던 이삼사의 눈에서 한 방울 눈물이 흘렀다.

옛일을 생각하노니 꿈결 같은 시간이었다. 돌아갈 수 없는 날들이어서 그때가 더욱 간절하게 그리웠다.

손등으로 눈물을 훔치던 이삼사는 그대로 행복하던 추억에 빠져들어 잠이 들었다.

그렇게 얼마나 잤을까?

후두둑!

차가운 빗방울이 이삼사의 얼굴 위로 떨어져 내렸다.

어느덧 햇살이 사라지고 먹구름이 하늘을 뒤덮고 있었다.

점심을 먹고 갑판 위에서 시간을 보내다 잠이 들었으니 아직 밤이 되진 않았을 텐데 사방이 어두컴컴하여 시간을 가늠하기가 어려웠다.

몸을 일으키려는 바로 그때, 날카로운 파공음을 내며 뭔가 이삼사를 향해 쏘아져 왔다.

예감컨대 자신을 해치려는 암기가 분명했다.

이삼사는 황급히 몸을 굴려 그 뭔가를 피했다.

파파팟!!

그가 누워 있던 갑판 바닥에 표창 세 개가 박혔다.

타타탁!

퍼퍼펵!

목탁은 있는 힘껏 몸을 놀려 갑판을 굴러다녔다.

목탁이 구르는 자리마다 날카로운 표창이 네댓 개씩 박혔다.

갑판을 어지러이 구르던 목탁이 검은 인영 앞으로 굴러와 벌떡 신형을 일으켰다.

목탁 앞의 검은 인영은 바로 부관 위수천이었다.

목탁은 아무렇지도 않은 듯 지나가는 말처럼 가볍게 힐난했다.

"부관님, 표창 던지기 훈련은 사람 없는 곳에서 합시다. 놀랐잖아요."

"……."

굳은 표정의 위수천은 입을 굳게 다문 채 목탁의 말에 대꾸를 못 했다.

목탁이 위수천과 마주 서자 더 이상 표창은 날아오지 않았다. 위수천이 맞을까 우려한 때문이리라.

위수천은 눈 딱 감고 표창 솜씨가 좋은 부하 셋을 골라 은밀히 명령을 내렸다.

"제독님의 하명이다. 해적 군사를 죽이라고 하셨다."

부하들은 자신이 내린 명령을 충실히 이행할 것이다. 그러나 악명 높은 해적단의 군사이니 만만히 볼 수는 없었다.

좋은 말로 부탁한다고 순순히 목숨을 내줄 리도 없었다.

근접전을 펼치면 최후의 발악을 할 것이고, 병사들의 피해가 클지도 모른다.

'놈이 저항하기 힘든 방법은……?'

그래서 생각해 낸 게 거리를 둔 표창 공격이었다.

고맙게도 놈은 배 후면 갑판의 후미진 곳에서 잠을 자고 있었다.

게다가 마침 먹구름까지 끼어서 다른 부하들이 모르게 은밀하게 처리하기 딱 좋은 상황까지 만들어졌다.

그런데 표창 암습이 보기 좋게 실패했다.

해적의 군사인 만큼 한가락 할 거라고 짐작은 했지만 놈은 예상보다 훨씬 고수인 것 같았다.

그렇다고 여기서 작전을 멈출 수는 없었다.

위수천은 부하들에게 두 번째 작전을 알리는 신호로 손을 들었다.

휘익! 촤라락!

머리 위에서 목탁을 노린 그물이 펼쳐졌다.

추가 달린 그물은 빈 갑판만 덮친 꼴이 되었다.

목탁은 어느새 바람처럼 빠져나가 뱃전에 기대어 바다를 가리키고 있었다.

"물고기를 잡으려면 그물을 여기로 던져야죠."

위수천은 당황했지만 이미 뽑은 칼을 거둘 수도 없었다.

위수천이 연속 공격을 지시하는 손짓을 하자 다시 두 개의 그물이 날아왔다.

목탁은 이번에는 피하지 않고 날아오는 그물 자락을 잡아채 당겼다.

"어엇!"

"윽!"

목탁의 잡아챔으로 그물을 던진 두 명의 병사 중 한 명이 넘어졌고, 한 명은 그와 부딪쳐 몸의 중심을 잃고 비틀거렸다.

위수천은 좀 더 다양한 공격 수단을 준비해 두지 못한 것을 후회했다.

'빌어먹을, 독침이나 활을 준비했다면 좀 더 좋았을 텐데……'

위수천에겐 더 이상 예비한 원거리 공격 수단이 없었다.

그렇다고 여기서 공격을 멈추고 없던 일로 할 수도 없었다.

'이렇게 된 이상 피해를 감수하고 검으로 베는 수밖에 없다.'

위수천이 입술을 깨물고 검을 뽑으려는데 목탁이 뜻밖의

말을 했다.

"수군들은 평소에도 무에 훈련을 열심히 하는군요."

"……?"

"해적들은 훈련 같은 건 아예 안 하거든요."

"……?!"

"훈련을 실전처럼 하는 걸 보니 대단합니다."

위수천은 처음엔 목탁이 무슨 말을 하는지 이해가 잘 안 됐다.

설마 좀 전의 상황을 실전 같은 훈련으로 생각하는 것인 가?

그렇든 아니든 자신은 제독의 살인 명령을 수행해야 했다.

'이놈, 바본가? 아니면 날 놀리는 건가?'

느낌에 자신을 놀리는 것 같지는 않았다.

그렇다면 정말 미안한 일이다.

자신의 고충을 이해해 달라고 말하고 싶지만 그런 예의를 차리기엔 이미 늦었다.

목탁으로 인해서 마음이 불편하긴 하지만 피할 수 없는 일 이었다.

목탁도 바보는 아니다.

이미 배를 타기 전에 도참의 경고가 있었기에 나름 마음의 준비를 하고 있었다.

그러나 좁은 배 안에서 싸움이 벌어지면 피할 길이 없다.

싸움이 벌어지면 죽기 아니면 살기 외에는 없는 것이다.

목탁은 가급적이면 저들의 공격을 훈련인 양 오해한 걸로 인식시켜서 이 난국을 피하고 싶었다.

그런 목탁의 바람을 아는지 모르는지 검을 빼 든 부하 셋이 목탁 뒤에서 소리 없이 다가왔다.

부하들과 눈빛을 교환한 위수천이 슬쩍 고개를 끄덕이며 옆으로 몸을 피했다.

부하들이 동시에 목탁을 노리고 검을 찔러왔다.

"이야아!!"

목탁은 미리 알고 있었다는 듯 위수천 방향으로 몸을 틀어 슬쩍 피했다.

1차 공격에 실패한 부하들은 곧바로 협공을 시도했다.

좌우에서 두 명이 공격하고 한 명은 정면에서 내려치고 찔러댔다.

위수천이 볼 때 목탁의 움직임은 별로 빨라 보이지 않았다.

그런데 부하들의 공격은 번번이 무위로 돌아갔다.

"야아! 부관님, 이거 검술 훈련도 진짜처럼 실감나네요."

목탁은 여전히 지금 상황을 훈련으로 여기는 것 같았다.

아직 피를 본 것은 아닌 만큼 목탁은 가능하다면 여기서 무마하고 싶은 마음이다.

"하하하! 이거 아무리 훈련이라도 진땀납니다."

위수천이 보아도 목탁과 부하들이 약속 대련처럼 합을 맞추고 있는 것 같았다.

목탁은 어떻게든 상대의 멈출 수 있다면 멈추고 싶었다.

그러나 위수천은 검을 빼 들고 자신이 직접 공격할 기회를 살폈다.

"하아!"

위수천의 검이 몸을 막 돌린 목탁의 심장을 노리고 쭉 뻗어 왔다.

찔렀다고 여기는 순간, 목탁은 이미 옆으로 비켜 서 있었다.

부하 셋 중에 눈이 움푹한 자의 목에 위수천의 검날이 박혔다.

"커억!"

검날이 빠지자 피가 분수처럼 솟아나왔다.

위수천의 얼굴이 심하게 일그러졌다.

"이, 이런……."

"부관이 부하를 사사로이 죽여도 되는 것이오?"

목탁이 부하의 죽음을 따지고 들자 위수천은 피가 거꾸로 솟았다.

부하의 죽음에 이젠 미안한 마음이고 뭐고 없었다.

"죽어라! 이놈!"

부관은 자책과 절망, 분노로 목탁을 노리고 미친 듯이 검을 휘둘러 댔다. 그러나 아무리 휘둘러도 그의 검은 의미 없이 허공의 바람만 가를 뿐이었다.

위수천과 부하 둘이 목탁을 중심에 놓고 세 방향에서 검을 휘둘렀다.

부하 둘 중 하나는 매부리코, 하나는 들창코인데 매부리코는 손속이 빠르고 들창코는 힘이 좋아서 지치지 않고 연속 공격을 가했다.

목탁이 그 사이를 교묘하게 비집고 피하는 모습은 마치 현란한 춤을 추는 것처럼 보였다.

어느 한순간, 위수천이 목탁의 틈을 찾았다.

위수천은 주저 없이 어깨를 노리고 검을 내려쳤다.

됐다고 생각하는 순간, 부하들의 검이 위수천의 가슴과 옆구리에 깊숙이 박혔다.

"커커, 울컥!"

위수천이 피를 토해내자 부하들의 얼굴은 흙빛이 됐다.

부하들이 검을 빼내자 위수천의 무릎이 꺾였다.

턱!

목탁이 위수천 옆으로 다가와 몸을 부축하며 그의 상처를 살폈다.

"부관님, 괜찮으십니까?"

두 개의 검이 몸을 관통했는데 괜찮을 리가 없다.

부하 중 매부리코가 목탁의 목을 노리고 검을 휘둘렀다.

쉬익!

"끄어억!"

매부리코의 검에 위수천의 목과 가슴이 심하게 파였다.

위수천의 가슴과 목에서 검붉은 피가 콸콸 쏟아져 나왔다.

매부리코는 자신이 의도하지 않은 사태에 어찌할 바를 몰랐다.

위수천을 부둥켜안은 목탁이 매부리코를 쏘아보며 소리쳤다.

"네 이놈! 상관을 시해하고 무사할 줄 아느냐?"

목탁의 외침에 병사들이 몰려들었다.

목탁이 매부리코를 손으로 가리키고 소리쳤다.

"저자들이 불만을 품고 제독님의 부관을 살해했다!"

"어어! 우, 우린 부관님이 저놈을 죽이라고 해서……."

"무슨 헛소릴하는 게냐? 그럼 나를 죽여야지 부관을 죽이고 나를 죽이라고 했다니?"

누가 들어도 매부리코의 말은 앞뒤가 안 맞는 얘기였다.

촤촤촹!

몰려든 병사들이 일제히 검을 빼들고 매부리코와 들창코를 겨누었다.

허리에 녹색 띠를 두른 고참 병사가 검을 앞으로 뻗은 채 소리쳤다.

"당장 검을 내려놓아라!"

"지, 진짜다. 우린 부관님의 명으로⋯ 저자를 죽이려 고⋯⋯."

목탁을 공격하던 매부리코와 들창코는 자신들의 결백을 주장했다.

목탁이 준엄한 목소리로 그들을 꾸짖었다.

"미친놈들이구나! 부관과 난 제독의 명으로 황궁으로 가는 길이다! 부관이 제독의 명을 거역하고 나를 죽이라고 했단 말이냐? 네놈들이 부관을 죽이고 함선을 장악하려 한 이유가 무엇인지 어서 사실대로 밝혀라!"

목탁의 말은 조리 있었고, 병사들도 제독이 내린 명령을 익히 알고 있었다.

그들은 부관을 살해했고, 제독이 부관에게 내린 명령은 부하들이 확인할 길이 없었다.

또한 부관이 내린 명령은 그들밖에 모르는 일이니 해명할 길이 없다.

매부리코는 검으로 자신의 목을 베고 자결하려 했다.

"이익!"

병사들 눈에 그 모습은 상관을 살해하고 죽음을 택하는 모습으로 비쳐졌다.

매부리코의 자결은 병사들에 의해 제지당했고, 들창코와 함께 선 내 옥에 갇혔다.

위수천 다음으로 서열이 높은 장수는 백인대장 탁상계였다.

탁상계는 위수천의 시신을 수장하고 부하들과 향후 일정을 논의했다.

탁상계는 목탁에게 자신이 정리한 향후 일정을 알렸다.

—포구에 도착하면 제독의 해적 섬멸을 파발로 황궁에 먼저 알린다.

—황궁의 보고는 위수천 대신 탁상계 자신이 대리한다.

—투항한 해적은 병사로 받아들여 향후 왜구를 토벌하는 공을 세우도록 한다.

졸지에 황궁에 보고를 올리게 된 탁상계는 황궁 예법 연구와 보고 예행연습에 열을 올렸다.

모든 일이 사숙 도참이 말한 대로 한 치도 어김없이 맞아떨어졌다.

목탁은 으스스 소름이 돋았다. 도참이 함선에서의 살인 집행을 예고했던 것이다.

"장담하건대 자네가 탈 없이 황궁에 가는 일은 없을 거야."

"이렇게 제독의 서찰을 가져가는데요?"

목탁은 사숙보다는 대명제국의 제독을 신임했다.

도참은 아무래도 해적질을 오래해서 거칠고 의심이 많은 거라고 생각했다.

"아마 포구에 도착하기 전에 죽이려고 할 테니 조심하게."

"설마 제독이 이렇게 약속했는데 어길까요?"

"암, 어기고도 남지. 약속을 왜 하는지 아나?"

"그야 서로 신용을 지키기 위해서……."

"클클클, 정확히 말하면 약속은 신용을 안 지키기 때문에 하는 것이지. 다들 신용을 잘 지키면 무슨 약속이 필요하겠나? 상식과 원칙대로 하면 되지. 그러니까 약속과 신용을 강조하는 놈을 조심해야 하는 법일세."

"어, 그게… 그런 면도……."

목탁은 건달 이삼사 시절 눈치코치로 살았다.

믿는 건 오직 주먹과 돈뿐이었다. 하지만 나름 신용과 최소한의 의리는 지키고 살았다.

큰물에서 노는 위인들은 자신과는 부류가 다르다고 생각했는데, 사숙의 말을 듣고 겪어보니 삼류 건달보다 나을 게 없었다.

아니, 오히려 더하면 더했지 덜한 놈들이 아닌 것 같았다.

'포장만 금칠한 쓰레기들!'

사숙 도참은 사람은 실리에 따라 움직인다고 말했다.

"권력을 손에 쥔 놈들에게 약속이란 자신에게 이득이 될 때만 지키는 걸세. 제독이 우리에게 한 약속은 제독에게 이득이 되는 게 별로 없어. 당연히 지킬 필요가 없는 거지."

"제독에게는 해적 섬멸의 공이 있잖아요."

"섬멸은 다 죽이는 게 섬멸인 거야."

"서, 설마?!"

목탁은 설마 했는데 진짜 설마가 사람 잡았다.

"날 죽일 걸 알면서 왜?"

"운이 좋아 자네가 죽지 않고 황궁에 가서 황제에게 내 말을 고해주길 바라서지."

"어떤……?"

"사형과 나를 죽음으로 몰아넣은 자들에 대해서 황제가 알기를 바라네."

"사숙은 주원장이 원수라고, 뒤통수쳤다고 했잖아요?"

"그랬지. 주원장이 몰랐어도 그 책임은 있는 거니까. 그러니까 자넨 죽어도 죽지 말고 임무를 완수해야 해."

"하지만 선황제는 이미 죽었는데, 이제 와서 바로 잡는다고 해봐야……."

"나와 사형의 누명이 벗겨져야 나와 사형의 자식들이 빛을 보고 살 게 아닌가?"

그제야 목탁은 고개를 끄덕였다.

사부도 자신의 아들을 꼭 찾아서 유품을 전해 달라고 했다.

죽어가면서, 그리고 해적이 되어서도 자신의 명예와 가족을 생각하는 마음에 목탁은 숙연한 마음이 들었다.

도참은 목탁에게 자신과 사형의 명예 회복을 기대하는 것이었다.

"그런데 제독이 저를 죽이려 한다면 사숙께선 무사하실 수 있나요?"

"아마 난 무사할 걸세."

"그건 어떻게 장담하시죠?"

"제독이 왜 우리가 해적 섬멸 일등공신이라는 말도 안 되는 헛소릴 늘어놓겠나? 그건 그동안 노략질한 내 보물이 탐나기 때문이지. 보물이 있는 한 조자영은 날 못 죽여."

목탁이 고개를 갸웃했다.

"보물이 탐나면 그냥 죽이고 빼앗을 수도……."

"클클, 내 동굴에서 보물을 가져가려면 적어도 수군 병력의 절반 이상이 동굴에 뼈를 묻어야 할 거야. 조자영은 그걸 잘 알고 있지."

그랬다. 도참의 동굴 속 본부는 초입부터 진이 설치되어 있는 데다가 전투를 치르기 전에 도참은 동굴 입구를 파괴해 버렸다.

도참이 조자영에게 건네준 보물은 감춰둔 보물의 십분의 일도 안 되는 양이었다.

조자영은 그걸 알면서도 다그치거나 서두르지 않았다.

물론 도참도 그걸 안다는 사실을 알고 있었다.

그리고 결국 위수천이 죽고 목탁은 살았다.

조자영과 도참의 치열한 수 싸움에서 첫 판은 도참에게 유리하게 짜졌다.

도참은 목탁에게 자신의 안위에 대해서는 걱정할 필요가 없다고 누차 강조했다.

"난 여차하면 이곳에서 얼마든지 빠져나갈 수 있으니 걱정 말게. 마룡도에 있어도 난 천하가 돌아가는 걸 손바닥 보듯이 환하게 알고 있네."

"예? 어떻게?"

"하하하! 세상 소식을 알리는 전서구가 하루에도 수십 마리씩 날아드는 곳이 바로 마룡도일세. 내가 그동안 어떻게 상선들을 정확하게 노리고 공격한 것 같은가? 천하에 내 눈과 귀가 숨겨져 있으니 자네가 세상에 나가면 위기 때마다 그들이 자네를 도울 걸세."

　　　　　*　　　　　*　　　　　*

　목탁은 도참의 그 말을 반신반의했으나 육지가 가까워질수
록 기대감이 솟아났다.

　내일 아침에 함선이 항주에 정박할 거라고 했다.

　황궁이 대도로 천도하기 전에는 남경이었다.

　지금은 황궁이 북경으로 천도하여 순천부가 되었고, 남경
은 응천부가 되었다.

　황궁이 예전처럼 남경이라면 일이 한결 수월했을 터이다.

　목탁은 뭍이 가까워지자 설레는 마음이 들었다.

　밤이 이슥하도록 어쩐지 잠이 오지 않았다.

　세상의 향기가 벌써부터 코끝을 맴도는 기분이 들었다.

　그 향기는 가슴을 두근거리게 했다.

　불현듯 곽청이 보고 싶어졌다.

第二章
미녀와 건달

휘영청 밝은 밤하늘의 만월(滿月)이 마치 그녀가 환하게 웃고 있는 것 같았다.

웃으면 하얗게 드러나는 그녀의 치아와 청아한 웃음소리가 그리웠다.

자신의 인생에서 가장 행복했던 석 달여의 시간.

그 석 달여의 시간만으로도 자신의 인생은 충분히 가치 있다고 생각했다.

처음으로 자신을 태어나게 해준 부모에게 진심으로 감사했으며 이젠 죽어도 좋다고 생각했다.

무인도에서 그때를 회상하면서 그때를 100일의 행복이라고
이름 붙였다.

목탁은 곽청을 처음 만나서 그녀의 집에 간 날을 떠올렸다.

그런데 본인의 기억과 객관적 진실이 일치하는 경우는 그리
많지 않다.

목탁은 그날 곽청이 어떤 생각을 했는지는 알지 못했다.

곽청에게도 그날은 특별한 날이었다.

*   *   *

곽진걸의 저택은 넓이와 규모가 어마어마해서 집이라기보
다 장원이었다.

마차에서 내린 뜨락에서 본채까지는 한참을 걸어 들어가야
했다.

이삼사는 웅장한 저택의 위용에 눈이 휘둥그레졌다.

'이런 집을 지으려면 돈이 얼마나 있어야 할까?'

집 둘레가 족히 십 리는 넘었고, 정원에는 뱃놀이를 할 수
있는 호수도 있었다.

호수에는 황금 잉어를 비롯한 고가의 희귀한 물고기들이
바글바글했다.

호수 옆을 지날 때, 힘 좋은 잉어 몇 마리가 수면 위로 튀어

오르는 모습이 보였다.

후원의 동산에는 온갖 진귀한 관상용 화초와 향이 좋은 향나무 수종이 가득했다.

돈으로 값을 따지기 힘든 귀한 약초들을 재배하는 게 곽진걸의 취미라고 했다.

곽청은 이삼사를 후원의 누각으로 안내했다.

안내된 곳은 동산 기슭의 작은 연못가에 지어진 삼 층 누각이었다.

누각의 규모는 층마다 족히 삼십 명 이상이 들어설 수 있을 만큼 컸는데, 화려하다기보다는 정갈하고 기품 있는 선비와 같은 풍모였다.

곽청이 귀여운 여자에게 차 준비를 부탁하였다.

"향아, 차 좀 준비해 줘."

귀여운 여자가 이삼사에게 차 취향을 물었다.

"어떤 차를 좋아하시나요?"

"어……."

이삼사는 차보다는 술을 좋아했고 차는 아무거나 되는대로 마셨다.

이삼사가 딱히 차 이름을 대지 않자 곽청이 끼어들었다.

"향아, 준비할 수 있는 차 종류를 말씀드리렴."

"예, 아씨. 지금 준비되는 차는 모두 서른 가지입니다."

귀여운 여자는 단숨에 서른 가지 차 이름을 좌르르 읊어댔다.

"향뢰차(響雷茶), 삼도차(三道茶), 량반차(凉拌茶), 타유차(打油茶), 두차(豆茶), 죽통차(竹筒茶), 나미향차(糯米香茶), 청죽차(青竹茶), 산차(酸茶), 고차(苦茶), 죽통향차(竹筒香茶), 용호두(龍虎斗)와 유차(油茶), 소차(燒茶), 월엄차(月庵茶), 이고차(彝苦茶), 전차(煎茶), 유염차(油鹽茶), 외엄차(煨釅茶), 보이차(普洱茶), 관관차(罐罐茶), 첨다수(甜茶樹), 미충차(米蟲茶), 채포차(采包茶), 유차탕(油茶湯), 수차(水茶), 사관차(砂罐茶), 선죽통차(鮮竹筒茶), 염파차(鹽巴茶), 타유차(打油茶)가 준비되어 있는데, 고차와 이고차는 같은 종류의 차지만 지역에 따라 미묘한 맛의 차이가 있습니다."

귀여운 여자가 일사천리로 각종 차 이름을 쏟아내자 이삼사의 입이 딱 벌어졌다.

세상에 그렇게 많은 종류의 차가 있는지도 몰랐고, 그걸 다 외우는 것도 신기했다.

"나, 나는 그냥 아무거나……."

"보이차를 드셔보세요. 향이 괜찮아요."

이삼사가 어리바리한 모습을 보이자 곽청이 보이차를 권했다.

"아, 예. 그, 그럼 그걸로……."

"보이차는 맹해현의 남유산에 사는 합니족(哈尼族)이 개발한 차인데, 향도 좋지만 숙취에 좋고 소화를 도우며 위를 깨끗하게 하며 힘을 좋게 한답니다.

곽청이 보이차의 생산지와 효능에 대해서 친절하게 설명했지만 이삼사는 그녀의 설명이 하나도 귀에 들어오지 않았다.

그녀의 감미로운 목소리에 빠져들어 그저 황홀경을 느낄 뿐이었다.

귀여운 여인이 차를 내왔다.

그윽한 차향이 어리벙벙한 이삼사의 정신을 챙겨주었다.

"아까 준비되는 차 종류가 서른 가지라고 했는데 그 차들의 산지와 효능을 다 아시나요?"

"예. 어떤 차가 궁금하신가요?"

"어… 제일 첨에 말한 게……."

"아, 향뢰차 말씀이죠? 향뢰차는 운남성 백족의 차인데, 신선한 찻잎을 단지에 넣고 구워서 만들죠. 차 맛은 쓰지만 마셔본 사람은 그 맛에 반하게 된답니다."

"그럼 두 번째 차는……?"

"삼도차 역시 백족의 차인데, 손님을 접대하거나 친한 벗이 오면 대접하는 차예요. 세 가지 마시는 방법이 있어서 삼도차라고 하는데, 첫째는 토관에 구운 녹차를 달여요. 이 차는 향기롭고 쓴맛이 나죠. 두 번째는 붉은 설탕과 우유를 넣어 끓여서 맛이 달죠. 세 번째는 꿀을 넣어 끓여서 단맛을 내죠. 세 가지 차를 마시면 쓴맛과 단맛이 입안에서 어우러져 독특한 향취를 느낄 수 있답니다."

곽청은 마치 손에 서책을 들고 읽는 것처럼 토씨 하나 틀리지 않고 차를 만드는 방식과 맛에 대해서 소상하게 설명했다.

"세 번째는요?"

"량반차는 운남성 산악 지역에 사는 기락족의 식탁에 오르는 반찬이기도 해요. 그 지역은 강우량이 많고 토지가 비옥하며 기후는 온난해서 차가 잘 자라죠. 량반차는 노란 빛이 도는 새싹으로 만드는데……."

어떤 차든지 막힘없이 설명하는 곽청은 차 박사였다.

사실 이삼사는 차 같은 건 별 관심이 없었다.

그럼에도 계속 물어보는 건 그녀의 감미로운 목소리가 너무나 좋아서였다.

그녀의 목소리는 마음을 편하게 하고 가슴을 두근거리게도 하며 기분을 좋게 하기도 했다.

곽청은 지치지도 않고 서른 가지 차에 대한 풍부한 지식을 다정다감한 목소리로 알려주었다.

차를 좋아하는 곽청은 이삼사의 차에 대한 탐구열과 깊은 관심이 맘에 들었다.

지금까지 만나본 사내들은 차 이야기를 하면 하품을 하거나 자꾸 다른 이야기를 해서 관심을 다른 곳으로 돌리려고 했다.

곽청은 이삼사의 진지하게 경청하는 자세가 마음에 들었다.

'이 남자는 눈을 반짝이며 진지하게 경청했어.'

그뿐 아니라 차에 대한 탐구심도 대단하다.

남자들은 보통 서른 가지 차에 대한 설명을 들으면 지루해하게 마련인데 이 사람은 설명이 끝나자 못내 아쉬운 표정이다.

꽃미남이나 호남형은 아니지만…….

'이 남자, 의외로 생각보다 괜찮다.'

한번 좋게 보기 시작하니 모든 게 좋아 보였다.

아까 목숨 걸고 마차를 세운 걸로 보아 의협남아인 것은 의심의 여지가 없다.

의협심에 탐구 정신도 좋고, 차림새는 좀 아니지만 외양만 번드르르한 부모 잘 만난 얼치기 공자들보다는 인간 냄새가 나서 맘에 들었다.

세상 사람들은 자기가 눈이 높아서 까탈을 부린다고들 한다.

처녀 나이 방년 십팔 세가 넘었는데 왜 혼사가 급하지 않겠는가?

그러나 아무리 급하다고 해도 혼사는 맘에 드는 남자가 있어야 할 게 아닌가?

매파를 통해서 수도 없이 많은 혼담이 오갔다.

솔직히 돈이라면 산동성에서 곽진걸의 위에 설 사람이 없다.

관직이 높은 자들은 교만했으며, 학식이 높은 자들은 쥐뿔도 없으면서 허세만 부렸다.

곽청 그녀는 지금까지 무엇 하나 아쉬운 걸 모르고 살았다. 있다면 딱 하나, 혼기가 찼으니 맘에 드는 남자가 있어야 할 텐데 도무지 그런 남자를 만나기 어려웠다.

괜찮은 집안이라고 해서 만나보면 하나같이 껍데기였다.

짚신도 짝이 있다지만, 처녀로 늙어 죽을지언정 그런 껍데기는 싫었다.

'그런데 오늘 홀연히 나타난 이 사람, 생명의 은인이니 일단 인연부터 남다르다.'

순박하고 겸손하며 어려움에 처한 사람을 보면 목숨도 아끼지 않는다.

명문세가의 자제나 부호의 자제들처럼 허세 부리고 잘난 척하는 것도 없다.

예나 지금이나 여자가 먼저 꼬리치면 싸 보여서 값 떨어진다. 좋아도 절대로 좋아하는 티를 내는 것은 금물이다.

그렇지만 눈앞의 이 사람이 어떤 사람인지 알고 싶다.

'뭐 하는 사람일까?'

삼 층 누각에 앉아서 그녀의 얼굴을 마주 보고 그녀의 설명을 들으며 차를 마시는 동안 이삼사는 꿈을 꾸는 기분이었다.

'아아~ 꿈이라면 깨지 마라.'

이삼사의 눈에 꽃사슴 무리가 풀밭 위를 한가로이 거니는 모습이 눈에 들어왔다.

이삼사는 마치 선계(仙界)의 풍경을 보고 있는 것처럼 느껴졌다. 동자를 거느린 신선만 있다면 영락없는 그림 속의 선계 풍광이었다.

'좋구나. 이런 데서 한번 살아봤으면.'

뾰로로롱, 쪼로로롱.

누각 옆 나뭇가지에 꼬리가 긴 새 두 마리가 날아와 지저귀기 시작했다.

아름다운 새소리는 귀를 즐겁게 했고, 청아한 나무 향은 코와 가슴을 시원하게 했다.

눈앞의 곽청은 이삼사의 눈을 호강시켰고, 가슴을 방망이질 치게 만들었다.

'내가 곽진걸의 셋째 딸 곽청과 같이 차를 마셨다면 모두들

놀라 자빠지겠지? 대평이 녀석이 이 애길 들으면 어떤 표정을 지을지 궁금하네.'

이삼사는 친구들에게 자랑하려는 생각을 하니 가슴이 뻐근해졌다.

자신과 친한 후배 추대평이 놀라는 모습을 생각하니 자기도 모르게 입가에 미소가 번졌다.

이삼사가 미소를 짓자 곽청도 환하게 웃는 얼굴로 자기소개를 했다.

"이런, 내 정신 좀 봐. 인사가 너무 늦었네요. 저는 곽청이라 하고, 이 아이는 제 말벗인……."

"안녕하세요. 소향입니다."

"아, 예, 저는 이삼사라고 합니다."

곽청은 자신의 수발을 드는 몸종을 말벗이라고 소개했다.

이삼사는 아랫사람을 배려하는 그런 곽청의 다정다감한 모습이 맘에 들었다.

곽청은 무엇보다 눈이 크고 맑았으며, 반듯한 이마와 오뚝한 콧날이 시원하고 단정한 느낌을 주었으며, 깨끗한 피부는 눈이 부실 지경이었다.

"공자님 이름이 좀… 특이하네요."

"아, 그게… 삼 자는 돌림자고 제가 넷째라서 그렇게……."

"이 공자는 어떤 일을 하시나요?"

"아, 전……."

이삼사는 난감했다.

먼저 생에 처음 들어보는 공자라는 호칭에 난감했다. 그리고 다양한 일을 하지만 딱히 내세울 일이 없어서 또 난감했다.

낮에는 주로 노름을 하거나 자신의 구역으로 규정한 거리를 어슬렁거린다.

객잔 몇 군데에서 난동 피우는 취객들을 관리해 주고 잔돈푼을 챙기는 비공식 기도 일도 한다.

해가 지면 술을 마시고 취하면 여자와 시간을 보낸다.

그러나 맨 정신일 땐 노름을 하는 경우가 대부분이다.

'정리하면 술, 여자, 노름이네.'

물론 간간이 악다구니도 쓰고, 싸움질도 하며, 대신 돈 받아내려 땡깡을 부리기도 한다.

때에 따라 장물아비 노릇도 하고, 사기꾼 바람잡이일 때도 있었다.

'따져 보니 하는 일은 다양한데 내세울 일은 하나도 없네. 젠장!'

자신을 잘 아는 저잣거리라면 자신의 일이 아무 문제 될 게 없지만 지금은 천하제일미녀로 소문난 곽청 앞이다.

곽청이 이삼사의 기색을 살피며 조심스럽게 물었다.

"혹시 비밀스러운 일을 하시나요?"

"에? 아, 아닙니다."

이삼사는 마치 자신의 정체가 들킨 것 같아 얼굴을 붉히며 손을 내저었다.

소향이 목소리를 낮추고 몸을 앞으로 기울이고 물었다.

"혹시 청부업자 아니신지……?"

"향아, 너 의협지 너무 많이 봤어."

곽청이 소향의 독서 취향을 탓했다.

"돈 받고 사람 끽 하는 거요."

소향은 손날로 자신의 목을 자르는 시늉을 해 보였다.

소향의 엉뚱한 말에 이삼사는 고개를 좌우로 세차게 흔들었다.

"아, 아닙니다! 전 단지 하는 일이 좀 다양해서……."

"어떤 일인지 궁금하네요."

곽청과 소향이 눈을 반짝이며 호기심을 나타냈다.

이삼사는 그녀들의 눈빛을 받자 도저히 거짓말을 할 수가 없었다.

"에… 저는 홍등가의 질서 유지를 위해 힘쓰며 주루와 객잔의 안전한 운영을 도모하고 취객들의 시시비비를 해결하기도 합니다."

"아, 그럼 관아의 즙포사신이신가요?"

"아니, 그건 아니고, 업무는 뭐 대충 비슷하다고 할 수 있는……."

이삼사가 말끝을 얼버무리자 더 캐묻지는 않았다.

그러나 그녀의 호기심은 계속 이어졌다.

"다양한 일을 하신다고 했는데 또 어떤 일을 하세요?"

"어, 그리고… 금전적인 문제로 어려움을 겪는 사람들을 한 장소에 모아 머리를 맞대고 서로 어려움을 해결할 수 있도록 장소 제공 및 각종 편의를 제공하는 일도 합니다."

이삼사는 사설 도박장 개설과 운영 및 관리에 대해서 가장 순화된 언어로 이야기했다.

설명하는 동안 이삼사는 괜히 손에 진땀이 나서 손바닥을 옷에 문질러 댔다.

귀여운 여인 소향이 감탄하며 호감도를 상승시켰다.

"와! 아까도 몸을 던져 말을 세우시더니 역시 공자님은 어려운 사람을 돕는 게 일상생활처럼 몸에 배어 있는 분이셨군요."

"아, 예, 어려운 사람들을 돕는 일은 정말 보람 있는 일이죠."

이삼사는 곤란함을 감추려 애매한 미소를 지으며 대답했다.

귀여운 여인과 아리따운 선녀가 환하게 웃는데 누구라도

아니라고 말하긴 힘들 것이다.

"또 다른 일도 있나요?"

"에, 또… 세상살이가 고달픈 사람들의 넋두리를 들어주기도 하고, 외롭고 상처 많은 여자들을 위로하기도 하고, 물건들을 위탁 판매하는 경우도 있고, 화물 운송을 할 때도 있고……."

고달픈 사람 넋두리는 술꾼들 주사 심하면 두들겨 팼다는 얘기다.

몸으로 외로운 여자들 위로하는 건 대체로 사실에 가까운 이야기다.

위탁 판매는 장물아비에 대한 신선한 표현 방식이며, 도둑질은 허가 받지 않은 화물 운송이다.

"와! 정말 많은 일을 하시네요."

곽청과 소향은 이삼사가 무슨 말을 해도 순수하게 받아들였다. 이삼사는 그 순수함에 좀 찔려서 앉아 있는 자리가 가시방석이 되었다.

두 여인은 자신이 아는 세상 여자들과는 종류가 다른 부류였다.

맑고 밝으며 순수 그 자체였다.

그날 이삼사는 두 가지 차 맛을 더 보았다.

솔직히 차 맛은 어떤지 잘 모르겠다. 그저 향이 좋다고 느끼는 게 다였다.

그러나 선녀와 마시는 차는 맛이 문제가 아니다.

맛보다는 단연 분위기가 중요하지 않겠는가?

마치 구름 위에서 극락의 맛보는 기분이었다.

무려 두 시진이 넘도록 곽청, 소향과 꿈같은 시간을 보냈다.

그날은 이삼사가 말을 배우고 나서 가장 욕을 적게 한 날이었다.

그날 낮에 다리 위에서 폭죽이 터질 때 놀라서 아이들에게 '개호로 자식들'이라고 욕 한마디 한 게 다였다.

저녁부터 밤까지 얼마든지 욕을 할 수도 있지만, 그날은 욕할 마음이 전혀 들지 않았다.

뭐랄까? 영혼이 순수하게 정화된 순백의 아름다운 날이라고나 할까?

맑고 순수한 감정을 욕으로 더럽히고 싶지 않았다.

이삼사가 그 집에서 나온 건 어둑해질 무렵이었다.

처음엔 곽청을 만난 이야기를 여기저기 떠벌리고 자랑하고 싶었다. 술친구인 포삼이나 건창이 이 얘기를 듣는다면 놀라 까무러칠 것이다.

그러나 시간이 지나자 어쩐지 그 엄청난 사건을 아무에게도 말하고 싶지 않았다. 자신만의 비밀로 가슴속에 소중하게 간직하고 싶은 마음이 들었다.

고결한 선녀의 이야기를 뒷골목 건달들에게 허투루 흘리고 싶지 않았다.

자신이 가장 아끼고 죽이 잘 맞는 후배인 추대평에게조차 이 이야기는 아껴두고 싶었다.

'선녀님이 자신의 이야기를 하는 걸 좋아하실까?'

그녀를 만난 이야기를 함부로 입 밖에 떠벌리는 건 어쩐지 그녀에게 죄를 짓는 일이라는 생각이 들어 일절 함구하기로 마음먹었다.

이 아름다운 기억은 마음속 보석 상자에 고이 담아두고 혼자서만 아껴두고 꺼내보리라.

아무리 뒷골목 건달이라도 진정한 순수를 체험하면 뭔가 느끼고 달라지게 마련이다.

이삼사는 그날은 주루에 가지 않았고, 노름도 하지 않았으며, 시비를 걸지도 않았다.

누구와 드잡이를 하거나 악다구니도 쓰지 않았다.

살다 보면 왜 그런 날이 있지 않은가?

먹지도 마시지도 않아도 가슴이 뿌듯하고 기분 좋은 그런 날!

오늘이 바로 그런 날이었다.

이삼사는 그날 죽어도 좋았다.

곽청의 집에서 나와 평소와 달리 자신의 숙소가 있는 객점 (客店)으로 곧바로 왔다.

객점으로 오는 동안 구름 위를 밟고서 둥실둥실 허공을 떠오는 기분이었다.

배가 고프지 않았지만 술을 곁들이지 않고 소면과 만두로 저녁을 때우고 2층 구석에 있는 숙소로 들어가 침상에 누웠다.

평소라면 지금이 왕성하게 활동을 개시할 시간이었다.

침상에 누운 이삼사는 낮에 있던 일을 하나씩 떠올리며 그 누각에서 오고간 말들을 되뇌어봤다.

엄밀히 얘기하면 특별한 대화나 특별한 일은 아무것도 없었다.

그저 차 마시고 이런저런 이야기를 한 게 전부인데 희한하게도 가슴속 깊은 곳으로부터 알 수 없는 행복감이 차올랐다.

아직도 곽청의 잔잔하고 다정한 목소리가 귓전에 울리는 것만 같았다.

"차에 대한 설명만으로는 차를 알 수 없어요. 차 맛을 음미해야 차를 제대로 아는 거죠."

백번 지당한 말이었다.

음식 맛을 어찌 설명으로 느끼고 맛보았다고 할 수 있겠는가?

"이 공자님의 차에 대한 탐구정신에 감명받았어요."

"아니, 전 그냥 차를 잘 몰라서……."

"아~ 이 공자님은 정말 순수하고 소탈하시네요. 보통은 몰라도 아는 척하고 모르는 걸 숨기려고 하는데 공자님은 솔직하게 모른다고 하시잖아요. 저는 모르는 걸 모른다고 말하는 것도 큰 용기라고 생각해요. 공자님은 정말 용기 있는 분이세요."

곽청은 솔직한 이삼사가 정말 마음에 들었다.

좋은 쪽으로 보면 뭐든지 좋게 해석되게 마련이다.

이삼사는 진짜 차에 대해 몰라서 모른다고 했는데 그게 큰 용기가 됐다.

"차에 대해서 좀 더 깊이 있게 공부하지 않으실래요?"

곽청의 다정한 제안에 이삼사는 화들짝 놀랐다.

공부라는 말에 경기가 들린 것이다.

당연히 건달 이삼사는 공부 근처에도 가지 않았을뿐더러 공부 같은 건 하고 싶지도 않았다.

머리털 나고 공부를 할 계획 같은 걸 세워본 적도 없다.

만약에 이삼사가 공부 어쩌고 한다면 뒷골목 개도 웃을 것이다.

"저, 저는 좀 게을러서 공부는 좀……."

지금 곽청은 무한 긍정의 눈으로 이삼사를 보고 있었다.

지금까지 자기가 만난 남자들은 온갖 핑계를 대서 어떻게든 자신과 함께 보내는 시간을 만들려고 애썼다.

그래서 세상 사내들은 다 똑같다고 생각했고, 남자라는 종자 자체에 대해서 회의가 들고 실망했다.

그런데 이 사람은 다르다.

이미 공부가 깊은데 자기는 게으르단다.

이 정도면 겸손이 좀 지나치다는 생각도 든다.

게다가 한술 더 떠서 자신과 함께 공부하는 자체를 거부하고 있다.

'이 공자님은 겸손하면서 아주 신중하시구나.'

이 대목에서 곽청은 살짝 실망이 되기도 했다.

'혹시 내가 여자로서의 매력이 부족한가?'

이삼사는 학문은 구경해 본 적도 없는데 무식은 용기가 되고 게으름은 신중한 처신이 됐다.

이삼사는 굳이 아니라고 할 것도 없어서 그냥 가만히 있었다.

하지만 자신에 대해서 잘 아는 이삼사는 참 거시기 하긴 했다.

'아, 씨, 공부하자고 할 걸. 그러면 한 번 더 올 수 있는

데……'

이삼사가 거절한 걸 후회하는데, 곽청이 한 번 더 요청해
왔다.

"저는 이 공자님처럼 학문이 깊고 겸손하며 신중하신 분과
많은 대화를 나누고 싶어요."

"아, 저는……."

그 말을 듣는 순간 잠시 가슴이 터질 것 같은 기분이 들었
다.

이삼사가 한 번 더 오고 싶은 건 분명했다.

어찌 한 번뿐이겠는가?

그런데 이삼사는 그녀의 말에 쉽사리 대답할 수가 없었다.

생각 같아선 무조건 '예, 좋아요' 하고 싶었다. 그러나 대화
를 계속하다 보면 자신의 무식이 들통 날 건 빤한 일이다.

어쨌거나 지금 천하제일미녀가 그와 대화를 더 나누고 싶
다고 한다. 그걸 거절하면 그건 아마도 제대로 된 사내놈이
아닐 것이다.

이삼사가 고민하며 뜸을 들이자 곽청은 마음이 심란해졌
다.

괜히 이삼사의 눈치가 보이고 애가 탔다.

'내가 너무 들이댔나? 이 공자님이 난처해하시네. 아유, 입
이 방정이지.'

곽청은 어색한 분위기를 바꾸려 다른 질문을 던졌다.

"춘절 기간 동안 뭐 하세요?"

곽청의 질문에 이삼사는 잠시 생각을 골랐다. 사실 고르고 자시고 할 것도 없이 술, 여자, 도박이 정답이다.

이삼사가 생각하는 동안 곽청은 안절부절못하며 초조한 마음이 들었다.

'내가 오늘 왜 이러지? 춘절이면 누구나 가족과 지내는 게 당연한 일인데 뭐 하냐고 묻다니, 내가 지금 아무래도 제정신이 아닌가 봐.'

"음~ 채색서화나 즐기면서 시간을 보낼까 합니다."

이삼사의 말을 해석하면 포르투갈 수부들이 전한 천정 카르타(화투)를 친다는 뜻이고, 직역하면 도박으로 날밤 새우겠다는 뜻이다.

이삼사의 말에 곽청의 얼굴이 환해지며 미소가 떠올랐다.

"역시 그런 고상한 취미를 갖고 계실 줄 알았어요."

"에?! 채색서화를 아세요?"

이삼사는 뜻밖이었다.

천정 카르타(화투)는 노름꾼들 사이에서나 유행이지 민가에서는 모를 거라고 생각했다.

"남종화나 북종화 같은 걸 말씀하시는 것 아닌가요?"

"아, 예. 마, 맞습니다."

이삼사는 남종화, 북종화가 뭔지 모르지만 곽청의 말에 일단 고개를 끄덕였다.

곽청은 진심으로 이삼사에게 감사한 마음이 들었다.

자신이 눈에 보이는 유치하고 빤한 질문을 했는데도 자기의 난처함을 구해주려고 이 공자님은 자연스럽게 서화 쪽으로 이야기 방향을 바꿔주었다.

'이 공자님의 상대에 대한 배려는 정말 헤아릴 수 없을 만큼 깊고도 넓구나.'

곽청은 자신을 난처함에서 구해준 이삼사에게 자신이 아는 채색화에 대한 지식을 참새처럼 조잘거리며 늘어놓았다.

"전 서화는 잘 몰라요. 남종화는 북송 초기에 형성된 동원(董源), 거연(巨然) 등의 강남 화파가 문인화의 중심 화파라는 정도만 알아요. 동원은 전래의 섬세함을 제거하고 강남산수(江南山水)는 기암괴석보다 주변의 일상적 풍광을 소재로 삼아 진일보를 이루었고, 채색 위주 기법을 수묵으로 대치시켰다는 왕유(王維)의 사례를 계승, 발전시킨 수묵선염법(水墨渲染法)으로 문인화의 이상을 표현하는 걸 좋다고 했는데, 탈속하고 담백한 예술 이념과 뗄 수 없는 관계라고 책에서 본 것 같아요."

"……"

이삼사는 그녀의 말이 뭔 얘긴지 도무지 알 수가 없었다.

내용은 뭔 말인지 하나도 모르지만 꾀꼬리 같은 그녀의 낭

랑한 음성은 참으로 듣기 좋았다.

여자가 똑똑하면 남자는 기가 죽게 마련이지만 오히려 이삼사는 범접할 수 없는 그녀의 지식에 감탄하면서 흠모하는 마음이 샘솟았다.

이삼사는 곽청이 인간계에 하강한 선녀가 틀림없다고 생각했다.

그녀의 채색화에 대한 지식은 좀 더 깊었다.

"그런데 그림에 굳이 남종화, 북종화로 구분을 둘 이유가 있을까요? 북종화는 사실(寫實)을 존중하고 채색 위주로 궁의 전문 화가나 직업 화가들이 선호하는 그림이잖아요."

"아, 예. 그, 그렇죠."

이삼사는 눈을 반짝이며 고개를 끄덕거려 그녀의 말에 동의해 주었다.

따지고 들 처지도 아니지만 선녀가 그렇다고 하면 무조건 그런 것이다.

이삼사에겐 그녀와 대화를 나누고 그녀의 목소리를 듣는 게 중요했다.

채색서화에 대한 개념은 서로 좀 다르지만 내용은 아무래도 상관이 없었다.

"저도 북종화가 선으로 사물의 형상을 그리고 채색을 하여 완성하는 기술적인 면이 우수하다고 봐요. 초상화나 기록화

등은 섬세한 표현력이 필요하니까 많은 훈련이 필요하잖아요. 안 그래요?"

"그, 그렇죠. 손은 눈보다 빠르, 아, 아니, 섬세한 기술은 피나는 노력이 있어야 한다는 데 공감합니다."

이삼사가 말하는 기술은 표현이나 기법이 아니라 밑장빼기나 패 바꿔치기 같은 카르타(화투) 타짜 기술을 이야기하는 것이다.

"저는 북종화나 남종화가 어느 게 더 낫다 못하다 말하는 건 좀 아니라고 봐요. 안 그래요?"

"아, 예. 그, 그렇지요. 맞아요. 맞습니다."

곽청이 동의를 구하자 이삼사는 무조건 동의했다.

아리따운 선녀가 말하는데 어찌 아니라 하겠는가?

곽청은 감사하고 감동하며 감탄했다.

자신의 얄팍한 지식을 나무라지 않고 이 공자님은 공감하고 동의해 주었다.

이 사람은 정말 드물게 보는 활짝 열린 사고로 사물을 보는 사람이었다.

이삼사는 채색서화를 즐기는 북종화 취향이라고 했지만 고루한 유생들처럼 남종화가 진정한 문인화라는 등 편협한 사고방식을 고집하지 않았다.

처음엔 솔직히 꽃미남이 아니라서 생긴 게 좀 별로라고 생각했다. 하지만 생명의 은인이니 사례는 당연한 일이어서 집으로 모셨다.

그런데 이야기를 나눠보니 소하고 진중하며 서화를 논해도 마음이 통한다.

의협심은 진작 확인됐고 배려심도 남다르다.

게다가 자신이 무슨 말을 떠들어대도 진지하게 관심을 갖고 다 들어준다.

자신이 아차 말실수를 하면 부드럽게 다른 쪽으로 주제를 바꾸어 상대를 민망하지 않게 해준다.

이 남자야말로 자상하고 심지 깊은 상남자 중의 상남자였다.

생김새가 살짝 아쉬웠지만 기름칠한 귀공자들보다 순수한 생동감이 넘쳐서 보기 좋고 싱싱하게 느껴졌다.

'평생을 함께할 사람이라면 이런 사람이라야 하지 않을까?'

곽청은 그런 생각을 하자 자신도 모르게 얼굴이 확 붉어졌다.

그때 이삼사는 그저 자신의 밑천이 드러날까 전전긍긍하고 있었다.

*　　　　　*　　　　　*

"목 군사님, 슬슬 하선할 준비를 하시죠."

위수천의 직무를 대행하는 탁상계가 하선 채비를 알렸다.

곽청과의 추억을 더듬다 깜빡 졸았더니 어느덧 여명이 동트고 있었다.

마음속에 보석 상자를 간직하고 있다는 건 참 좋은 일이다. 돌아갈 수는 없지만 그 시간들을 음미하며 추억에 잠길 수 있으니 말이다.

지난밤 목탁은 건달 이삼사로서 가장 행복하던 시간들을 떠올리며 다시 한 번 행복감을 느꼈다.

만약에 그런 추억조차 없었다면 해적질하는 동안, 무인도에서 지내는 동안 아마 미쳐 버렸을지도 모른다.

언제나 마음속에 품은 생각은 단 하나였다.

'내 생에 단 한 번만이라도 그녀를 다시 볼 수 있다면.'

저 멀리 해안의 구릉이 눈에 들어왔다.

말로만 듣던 동남해안 최고의 미항 항주다.

포구 왼쪽에는 수군 병참기지가 있고 그 옆은 수군 진영이다.

대명제국 동해함대 500여 척을 관리, 감독하고 수군 병사 지원 및 훈련도 이뤄지는 곳이다.

포구에 함선이 정박하면 제일 먼저 수군 기지로 가서 보고를 해야 한다.

함선 귀대 보고와 업무 인수인계를 하고 황궁으로 파발을 보내면 오늘 할 일은 끝이다.

하선하자마자 탁상계는 일정대로 귀선 보고부터 하고 선상에서 부관 위수천을 살해한 두 명의 병사도 인수인계했다.

목탁은 사흘간 수군 객사에서 휴식을 취하고 탁상계와 순천부로 가야 하는데 가는 길은 두 가지다.

대운하 수로를 타고 올라가는 길과 마차를 타고 가는 육로가 그것이다.

수로는 몸이 편하고 시간도 단축된다. 하지만 세상이 그리운 목탁은 육로로 가면서 세상 구경을 하고 싶었다.

그리고 그보다 급한 건 마룡도에 있는 제독 조자영에게 가는 연락을 차단하는 일이다.

귀선 보고가 끝나면 제독에게 보내는 보고 서찰이 작성될 것이다.

무슨 수를 쓰던 그 서찰을 손에 넣어야 했다.

만일 위수천이 죽고 황궁에 파발이 간 것을 조자영이 알게 되면 사숙과 해적들이 위험해질 것이다.

도참은 자신의 안위는 걱정하지 말라고 했지만, 전직 해적이던 목탁은 어떻게든 해적들이 새 삶을 살아갈 수 있도록 해주고 싶은 마음이다.

자신도 해적으로 지내는 동안 얼마나 세상이 그리웠던가?

또 얼마나 새로운 삶을 꿈꿔왔던가?

자신이 해적이었기에 누구보다 해적들의 심정을 잘 알고 있다.

객사에 여장을 푼 목탁은 서둘러 저잣거리로 향했다.

배를 오래 타본 사람은 안다.

오랜 선상 생활을 하고 뭍에 내리면 땅이 흔들려서 몸이 중심을 잡기가 힘들다.

목탁도 몸이 자꾸 기우는 게 신경이 쓰였다.

저잣거리에 들어선 목탁은 기우는 몸을 바로잡고 두리번거리며 뭔가를 찾았다.

목탁은 지나가는 사람을 붙잡고 물었다.

"저어, 새를 파는 곳이 어디쯤 있습니까?"

"저기 포목점 거리 돌아서 왼쪽으로 쭉 가면 나올 거요."

목탁은 시장 초입의 싸전에서 길을 물었다.

포목점 거리를 지나 먹자 거리에 이르렀을 때다.

"비켜!"

"저놈 잡아라!"

스물 안팎의 녹의 청년이 소리치며 사람들 사이를 헤집고 내달렸다.

흑의 장삼 차림으로 허리에 검을 찬 사내 둘이 녹의 청년을 바짝 뒤쫓고 있다.

'어?!'

목탁은 방금 자기 앞을 지나친 녹의 청년이 낯익었다.

자신을 따라 같이 상선을 탔던, 꿈에도 그리운 후배 추대평이 분명했다.

너무나 놀랍고 너무나 반가워 잠시 꿈인지 현실인지 분간이 안 되었다.

'아, 대평이가 살아 있다니⋯⋯.'

목탁도 그들이 뛰어간 방향으로 내달리며 소리쳤다.

"대평! 추대평!"

第三章

뭔 사기를 쳤을까?

달리는 녹의 청년과 흑의인들이 어물전을 지나 옹기전을 돌 았다.

뒤따라간 목탁은 죽제품전이 몰려 있는 막다른 골목에서 멈춰 섰다.

흑의인 중에 키 큰 자가 녹의 청년의 목에 검을 겨누고 있 다.

"푸하핫! 네놈이 뛰어야 벼룩이지."

죽공예품을 팔고 사던 상인과 손님들은 때아닌 활극에 사 방으로 흩어졌다.

그리고 호기심 가득 찬 눈으로 사태의 추이를 지켜봤다.

목탁도 사람들 틈에서 눈을 부릅뜨고 지켜보았다.

생각 같아선 당장이라도 달려나가 추대평을 아는 척하고 싶었다.

'대평이가 틀림없어.'

녹의 청년은 자신이 건달 시절 잘 어울리던 동생 추대평이 었다. 추대평은 자기보다 두 살 아래로, 소위 죽이 잘 맞는 후배였다.

5년 전, 추대평에게 밀무역으로 목돈을 벌어보자고 꼬드긴 게 바로 자신이다.

그때 이삼사는 곽청의 이야기를 할까 말까 망설였지만 하지 않았다.

보나마나 꿈 깨라는 이야기를 들을 게 너무나도 뻔하기 때문이다.

어쨌든 추대평과는 상선을 탔다가 해적들에게 포로가 되었을 때도 함께했고, 힘을 모아 해적선 개업을 했을 때도 함께했다.

곽청의 이야기를 추대평에게 꺼낸 건 해적들에게 잡혀서 동굴 속에 갇혀 죽을 날만 기다리고 있을 때였다. 누구라고 말하지는 않았지만, 사랑을 위해서 탔다고 말한 것이다.

그때도 추대평은 원망 같은 건 하지 않았다.

"흐흐흐, 그러니까 형과 나는 사랑을 위해서 배를 탔다가 죽게 되는 거네. 좋아, 사나이가 사랑을 위해서 목숨을 바칠 수도 있는 거지. 좀 아쉽긴 하지만 난 후회하지 않아. 어쨌든 형이랑 함께했잖아."

3년 전, 풍랑을 만나 표류하다 자신은 무인도에 닿아서 간신히 살아났지만 대평이는 죽은 걸로 알았는데 이렇게 살아 있다.

'대평아, 살아 있어줘서 고맙다.'

목탁의 머릿속에 추대평과 함께한 지난 일들이 주마등처럼 스쳐 지나갔다.

목탁은 뜻밖의 장소에서 추대평을 만난 게 너무나 반갑고 하고 싶은 말도 많았다.

흑의인의 음성이 상념에 잠긴 목탁의 귀를 울렸다.

"검이 있는 곳을 말하면 목숨만은 살려주겠다. 불어라!"

"하하하! 말하면 난 어차피 죽은 목숨인데 내가 불 것 같으냐?"

추대평은 흑의인의 위협을 두려워하지 않았다.

눈빛이 매서운 키 작은 흑의인이 품에서 단검을 꺼냈다.

"말하지 않는 혀는 필요 없으니 우선 혀를 잘라주마."

키 작은 흑의인이 다가서자 죽음도 두려워하지 않던 추대평이 버럭 소리를 질렀다.

"날 욕보이지 말고 그냥 죽여라!"

"크크, 먼저 혀를 자른다. 그럼 말을 못 할 테니 손으로 검이 있는 곳을 쓰면 돼. 안 쓰면 그다음엔 귀를 자를 것이다. 그리고 한쪽 눈을 뽑을 거야. 그래도 버티면 발가락을 자르고, 다 잘려도 버티면 손가락을 하나씩 잘라주지. 글을 써야 하니까 한 손은 남겨둘 거고. 크하하핫!"

키 작은 흑의인이 손가락으로 녹의 청년의 입, 귀, 눈을 차례로 찌르는 시늉을 하면서 잔인하게 웃었다.

그의 잔인한 발언을 들은 사람들은 몸서리를 쳤다.

"보통은 혀를 잘리고 귀가 잘리면 꼬리를 내리는데, 네놈은 어디까지 버티는지 보겠다."

추대평의 눈동자가 심하게 흔들렸다.

누구든지 죽어도 그런 처참한 몰골로 죽고 싶지는 않을 것이다.

'검에 대해 발설하면 어차피 하오문의 손에 죽는다.'

도저히 살길이 보이지 않았다.

낮말은 새가 듣고 밤에는 쥐가 듣는다고 했다.

하오문의 눈과 귀는 도처에 숨어 있어서 양갓집 부부 사이의 대화도 다 챙겨 듣는다.

자신이 의탁하고 있는 기루의 야묘(野描:포주)는 항주 하오 문의 고위간부급이다.

그동안 많은 신세를 졌는데 목숨 때문에 배신할 수는 없었다.

눈앞의 검이 두렵긴 하지만, 아니, 배신해서 살아난다고 해도 물고기 밥이 되거나 들개 먹이가 될 게 뻔했다.

'좋아, 한 번 죽지 두 번 죽냐? 죽자!'

죽음을 각오하자 당당함이 생겼다.

"난 죽기로 작정했다. 혀를 자르든 눈알을 뽑든 맘대로 해라."

추대평이 당당하게 말하자 흑의인들의 얼굴이 일그러졌다.

"크크크, 그 당당함이 얼마나 오래가는지 지켜보겠다."

키 작은 흑의인이 손으로 추대평의 턱을 감싸 쥐었다.

지켜보는 사람들은 이제 곧 벌어질 끔찍한 상황에 몸서리쳤지만 아무도 나서지 않았다.

섣불리 나설 수 없는 건 바로 흑의인들의 허리띠 매듭 때문이었다. 그 매듭은 바로 그들이 개방의 인물이라는 것을 나타내는 것이다.

그들 허리의 매듭은 다섯 개, 바로 오결제자라는 뜻이다.

오결제자라면 강호에서 제법 인정해 주는 고수라고 볼 수있다.

원래 개방은 구걸로 연명하는 걸개들로 구성된 방파이다.

명문세가나 거대 문파들은 대부분 항렬로 지위 고하를 구분한다.

그러나 개방은 독특하게 매듭으로 신분을 나타냈다.

매듭은 매듭이 없는 무결로 시작해서 구결까지 있다.

구결은 바로 개방의 방주를 상징하는 것으로 천하 걸개들의 제왕이다.

칠결만 되어도 무림맹의 당주급과 맞먹는 신분으로 통한다.

팔결은 명문 정파의 장로급으로 그 위상이 막강했는데, 강호 10만 걸개 중 팔결은 손가락으로 꼽을 만큼 그 수가 적었다.

무림 천년사에 개방은 아주 독특한 존재감으로 그 위치를 지켜왔다.

대부분 자유로운 영혼들이지만 결속력이 대단해서 거대 정파라도 개방을 무시하지 못했다.

개방은 출신 성분에 상관없이 귀족이든 천민이든 하나의 체계로 엮여 있어 명문 정파부터 하오문은 물론 녹림과 마교까지 두루 통하는 통로를 갖고 있으며, 개방과 척을 지고는 건재하기 힘든 게 강호의 불문율처럼 되어 있었다.

그런데 개방의 오결제자가 저잣거리에서 살인을 하는 건 결코 흔한 일이 아니다.

반드시 척결해야 할 방의 배신자이거나 무림의 공적이라면 그럴 수도 있지만, 설혹 그렇다고 해도 잔인한 수법으로 사람을 고문하거나 도리에 어긋난 살인은 하지 않았다.

아무래도 강호에 은근히 떠도는 소문이 사실인 것 같았다.

10만 개방이 언제부터인가 둘로 나뉘어져 내분에 휩싸여 있다는 소문 말이다.

하지만 개방의 정체성과는 맞지 않는 소문이라 처음에는 모두들 고개를 갸웃했다.

개방은 오랜 세월 동안 강호에 확실하게 자리매김해 왔지만 역대 그 어느 방주도 군림천하를 지향하거나 시도한 적은 없었다.

개방의 걸개들은 그저 타구봉을 들고 다니며, 호로병을 허리에 차고 술을 마시고, 취팔선(醉八仙) 운신법으로 비틀거리고 다니는 게 전형적인 모습이다.

제도적인 삶을 떠나 모든 것을 버리고 걸개의 삶을 택했을 때, 이미 세상의 탐욕과는 고리를 끊은 것이기 때문이다.

탐욕이 없으니 타락할 일이 없고, 마음은 가난하나 정의로우며, 강인한 생명력으로 잡초처럼 밟혀도 일어나고 불사조처럼 절대로 죽지 않는 것이 개방 정신이라 할 것이다.

그동안 개방이 세인들의 입방아에 오르내릴 만큼 피바람을 일으킨 일은 없었다.

그런데 영원한 자유인인 개방의 화자(化子)들이 무슨 연유로 내분에 휩싸였을까?

흉흉한 소문이 돌았으나 아무도 정확한 내막을 알지는 못했다.

키 작은 흑의인이 추대평의 입을 벌리고 입속으로 칼을 밀어 넣으려 할 때였다.

"거참, 이상하네. 거지들이 타구봉 대신 칼을 차고 다니다니."

누가 들어도 시비를 거는 게 분명한 말투였다.

칼을 추대평의 입으로 밀어 넣으려던 흑의인이 고개를 돌렸다.

"어떤 놈이 죽고 싶어 함부로 입을 놀리느냐?"

"사실을 사실대로 말하는 게 어찌 죽을 일이란 말이오?"

목탁이 한 걸음 앞으로 나오자 키 큰 흑의인이 검을 겨눴다.

"네놈이 감히 개방의 오결제자를 희롱하다니, 숟가락을 놓고 싶은 모양이구나."

"나 참, 거지가 칼 든 게 어울리지 않으니 한마디 할 수도 있지. 언제부터 개방이 사람 목숨을 파리 목숨으로 알고 칼질을 해댄 거요? 개방이 완전 개판이 됐네."

목탁이 비아냥거리며 시비를 피할 생각이 없어 보이자 흑의인이 곧바로 검을 휘둘렀다.

"궁금한 건 저승에 가서 물어봐라!"

휘익! 쉭!

그러나 흑의인의 검은 허공을 가를 뿐이고, 목탁은 뒷짐을 진 채로 천천히 걸으며 계속 이죽거렸다.

"자고로 거지 손에는 동냥 그릇이 들려 있어야 제격인데, 동냥 그릇 대신에 칼이 들렸으니 이게 거지새끼인지 강도새끼인지 나는 그것이 궁금하다 이거지."

"네놈이 본좌를 능멸하고도 살아 숨 쉬길 바라느냐? 뒈져라!"

휘휘휘!

흥분한 흑의인이 살기 팽창한 검을 막무가내로 휘둘렀다.

신기하게도 목탁은 처음 그대로 뒷짐을 진 채 서두르지 않고 여유 있게 이리저리 옮겨 다닐 뿐이었다.

지켜보는 사람들은 무슨 상황인지 잘 이해가 되지 않았다.

겉보기엔 흥분한 흑의인이 마구잡이로 칼질을 해대는 것으로 보일 뿐이었다.

"거지면 거지답게 기우고 덧댄 넝마가 제격인데 깔끔한 그 옷은 또 뭐요?"

여러 번 헛손질을 해댄 흑의인은 비로소 상대가 녹록치 않은 인물이란 걸 알았다.

"이제 보니 무공을 아시는 대협 같은데 신분을 밝혀주시겠소?"

그 말의 의미는 '감히 개방의 일에 끼어들고 무사할 줄 아느냐?'라는 협박의 의미와 차후에라도 확실히 은원을 가리기 위한 질문이었다.

"신분이라 하면 내 사문을 말함이오, 아니면 공적인 내 직책을 말하는 것이오?"

목탁이 공적인 직책을 논하자 흑의인들의 표정이 굳었다.

공적인 직책이면 관아 쪽 인물이란 얘기고, 그렇다면 섣불리 싸워선 안 된다.

천하에서 개방을 상대로 이 정도 배짱을 부릴 수 있는 건 배경이 확실하다는 얘기다.

자신들이 초고수는 아니더라도 나름 한가락 하는 실력인데, 이자의 그림자도 스치지 못했다.

'아뿔싸! 이자는 공적인 직책이… 혹시 금의위일지도……'

거기에 생각이 미치자 키 큰 흑의인은 으스스 한기가 들었다.

그는 재빨리 포권을 하고 인사부터 닦았다.

"소생이 아둔하여 고명하신 대협을 몰라 뵙고 결례가 많았습니다."

추대평의 입에 칼을 넣으려던 키 작은 흑의인도 어쩐지 기분이 찜찜해졌다.

　동료의 칼을 뒷짐 지고 피했다는 자체가 이미 자신들의 상대가 아니라는 애기다.

　그런데 공적인 직책 운운했으니 틀림없이 무(武)와 연관된 직책일 테고, 즙포사신이 아니라면 황궁의 금위대, 아니면 창위일 확률이 높았다.

　거기에 생각이 이르자 그도 다리가 후들거리기 시작했다.

　대명황제 주원장이 철권정치를 위해서 만든 창위는 강호 제왕 위의 천외천이다.

　그도 자세를 바로하고 포권을 하였다.

　"속하들이 식견이 부족하여 무례를 범했습니다."

　"하하하! 결례와 무례를 인정들 하니 내 널리 이해하리다."

　목탁이 너무 쉽게 웃음으로 받아들이자 살짝 신분 확인에 대한 욕구가 샘솟는다.

　"대협의 거처를 알려주시면 다시 찾아뵙고 정식으로 예를 올리겠습니다."

　"하하하! 내 지금은 공무로 포구의 수군 기지 객사에 머물고 있으나 사흘 뒤에는 조자영 수군제독의 부하 장수와 함께 황궁의 황제 폐하께 보고하러 가기로 되어 있소이다. 이미 황궁에 파발을 띄운 터라 지체할 수 없으니 황궁에 다녀오면 그때 다시 만나기로 합시다.

두 흑의인은 등에 진땀이 흘렀다.

짐작은 했으나 수군제독만 해도 엄청난 직책인데 황제를 알현하고 보고까지 한다고 한다.

이건 엄청난 정도가 아니라 잘못 건드렸다간 일파가 몰살할지도 모르는 일이다.

다행히 하늘이 도와 여기서 멈추길 천만다행이었다.

그래도 살짝 궁금증이 고개를 내미는 건 인간의 천성이라 어쩔 수 없었다.

"화, 황제 폐하께는 어, 어떤 보고를 하시는지… 아, 그, 그냥 수, 순수하게 궁금해서……."

"하하하! 보고 내용은 별거 아니외다. 조자영 제독께서 해적 섬멸의 공을 세우신 것을 내가 군사의 직책으로 알리러 가는 것이외다."

"아, 해, 해적 섬멸을… 크, 큰 공을 세우셨군요. 감축 드립니다!"

흑의인은 과장된 몸짓으로 다시 포권을 하고 축하 인사를 올렸다. 그리고 속으로 안도의 한숨을 길게 내쉬었다.

'히유~ 오늘 진짜 운 좋았다.'

해적 섬멸이란 큰 공을 세운 제독의 군사를 건드리고 무사하길 바랄 수는 없으리라.

사람은 연이 닿을 때 기회를 잡아야 한다.

위기 뒤에는 기회가 숨어 있다는 말이 있지 않은가?

"사흘 뒤에 떠나신다니 저녁에 저희들이 객사로 찾아뵙고 사죄주를 올리고 싶습니다."

"하하하! 그럽시다. 나도 회포를 풀 술동무가 필요했는데 마침 잘되었소이다."

위기에 처해 있던 추대평은 일단 혀가 잘리는 건 면했다.

그런데 어째 돌아가는 상황이 저들끼리 짝짜꿍이 맞아 돌아가는 것 같다.

그렇다면 경험상 튀는 게 신상에 이롭다는 판단이다.

눈치를 살펴서 튀려고 탈출로를 찾는데,

"어? 저 사람은⋯⋯?'

추대평은 자신의 눈을 의심했다.

자신과 같이 뒷골목을 주름잡던, 친형제나 다름없는 청도의 개고기 이삼사가 분명했다.

다시 눈을 씻고 봐도 자신과 같이 밀무역선을 탔고 해적의 포로가 되었다가 나중엔 해적 창업까지 같이한 그 이삼사가 확실했다.

그렇다면 튀는 건 일단 보류한다.

자신과 이삼사는 해적 수배령이 떨어져 도주하는 신세였다가 풍랑으로 배가 난파될 때 표류하다 자신은 상선을 만나서 구사일생했다.

이삼사는 그때 죽었다고 생각해서 벌써 2년째 추대평은 그날을 기일 삼아 향을 피웠다.

추대평 입장에선 진짜로 죽은 사람이 살아 돌아온 것이다.

둘 다 의지가지없는 몸이라 진짜 친형제처럼 지냈고, 뭘 해도 죽이 잘 맞아서 좋았다.

뜻밖에도 이런 곳에서 만나니 반갑기 그지없지만 티 내는 건 좀 그랬다.

그런데 이삼사가 수군 군사라는 건 도무지 이해가 안 됐다.

'뭔 사기를 쳤을까?'

게다가 개방의 오결제자들이 칼 몇 번 휘두르다 꼬리를 내렸다.

이삼사는 주먹질은 제법 할 줄 알고 몸이 날렵하긴 해도 무공은 깜깜이다.

'대체 무슨 일이 있었던 거지?'

추대평이 궁금해하는 걸 알았는지 목탁이 손으로 추대평을 가리켰다.

"저 친구가 무슨 잘못을 했는지 알려주실 수 있는지요?"

"아, 그게… 우리가 찾는 물건을 숨겨둔 것으로 생각되어서……."

"아까 무슨 검이라고 들은 것 같은데, 내가 물어서 어디 있는지 알려주면 어떻겠소?"

"아, 저… 군사의 뜻이 그러시다면……."

흑의인들은 난감한 기색을 보였지만 목탁의 말을 따랐다.

"항주에서 제일 크고 유명한 기루가 어딘지 아시오?"

"최고의 기루라면 창연루지요."

목탁의 질문에 키 작은 흑의인이 엄지를 세워 보이며 대답했다.

"그럼 내일 술시(戌時)에 거기서 봅시다."

"예, 내일 술시에 거기서 뵙겠습니다."

흑의인들이 공손히 포권을 하고 물러갔다.

흑의인들을 보내고 목탁은 고향 후배 추대평과 감격적인 포옹을 하였다.

"삼사 형, 이게 대체 어떻게 된 거야?"

"대평아, 난 네가 죽은 줄만 알았다."

"그건 나도 마찬가지야. 첨에 형을 본 건지 귀신을 본 건지 구분이 잘 안 되더라고."

"하하하! 나도 첨에 추대평 귀신이 달려가는 줄 알았다."

두 사람은 한참 동안 서로를 부둥켜안고 손을 어루만지기도 하고 등을 토닥거리기도 하며 재회의 기쁨을 나눴다.

반가움이 크면 말이 잘 나오지 않는 법이다.

두 사람은 기막힌 재회에 가슴이 먹먹했다.

어느 틈엔지 둘의 눈에는 그렁그렁 눈물이 맺혔다.

"대평아, 살아 있어줘서 정말 고맙다."

"나도 그래, 형. 지금 우리 꿈꾸는 거 아니지?"

"꿈이라면 우리 깨지 말자. 자, 여기서 이럴 게 아니라 자리를 옮기자."

"그래야지. 나 지금 궁금한 게 너무 많아서 뭐부터 물어야 할지 모르겠어."

"하하, 그러냐? 나도 그렇다."

두 사람은 회포를 풀기에 좋은 장소를 찾아서 서둘러 시장통을 빠져나갔다.

앞서서 바삐 걷던 목탁이 문득 걸음을 멈췄다.

"아차! 내 정신 봐라."

"왜 그래?"

"대평아, 너 맹금류를 파는 곳이 어딘지 아니?"

"맹금류?"

"응. 내가 매를 좀 구하려고."

"매를?"

"응, 내가 급히 쓸데가 있거든."

"매 사냥을 하려는 거야?"

"아니, 그건 아니고, 어쨌든 매가 필요해."

"흠~ 그렇다면 내가 잘 아는 사람한테 물어보면 알 수 있을 거야."

이번엔 추대평이 앞서고 목탁은 추대평이 이끄는 대로 따라갔다.

추대평은 번잡한 중심가를 벗어나 동으로 흐르는 물길을 따라 걸었다.

"형, 여기서 조금 더 가면 가마우지로 물고기 잡는 사람이 있어. 그 사람이면 매사냥꾼을 잘 알 거야."

운하에서 호수로 연결되는 지점에 이르자 가마우지가 허공에서 물속으로 곤두박질치며 물고기를 사냥하는 모습이 보였다.

추대평의 말대로 가마우지로 물고기를 잡는 어부는 매사냥꾼들을 알고 있었다.

"매를 좀 구하고 싶은데 소개를 부탁드립니다."

목탁이 매를 구하고 싶다고 하자 그는 고개를 저었다.

"매사냥꾼들은 매를 팔지 않아."

그의 말에 의하면 매사냥꾼에게 매는 가족과 마찬가지라고 한다.

그리고 매는 주인의 명령에만 따른다는 것이다.

"댁이라면 가족을 사고팔고 하겠소?"

목탁은 난감했다.

목탁의 구상은 내일 아침 탁상계가 조자영 제독에게 보내는 전서구를 매를 날려서 잡는 것이었다.

그런데 매를 살 수도 없고 설령 매를 산다고 해도 아무나 매를 부릴 수 없다니.

매를 부릴 수 없다면 낭패가 아닌가?

목탁이 혀를 차며 속을 태우자 추대평이 해답을 던져 줬다.

"그럼 매랑 사람을 같이 빌리면 되겠네."

"어? 그, 그래, 그러면 되겠다."

"이제 보니 삼사 형 맛이 갔네. 예전엔 잔머리 팍팍 돌아갔는데."

추대평이 농을 쳐도 해법을 찾은 목탁은 기쁘기만 했다.

목탁은 사례를 약속하고 가마우지 사냥꾼을 앞세워 매사냥꾼 소개를 부탁했다.

"매사냥꾼은 저기 호수 건너 언덕에 살고 있네."

"배를 저어 안내해 주시면 넉넉히 사례하겠습니다."

"그럽시다. 타슈!"

목탁과 추대평은 가마우지 사냥꾼의 배에 올라탔다.

목탁은 추대평 덕분에 매를 빌리게 된 것이 새삼 고마웠다.

"하하하! 대평이 머리는 돌대가리였는데 많이 발전했구나."

"크크크, 그나저나 삼사 형, 아까 개방의 고수들을 어떻게 제압한 거요?"

"고수를 제압하는 건 더 고강한 무공 실력이지 뭐겠냐?"

"이상하네. 내가 아는 삼사 형의 무공 실력은 고수 발바닥을 핥아야 할 실력인데, 대체 그동안 무슨 일이 있었던 거야?"

"흐흐흐, 무공을 가위바위보 따먹기로 챙겼다."

목탁은 추대평이 궁금해하자 싱글싱글 웃으며 농을 쳤다.

"분명히 뭔가 사기 아니면 수작인데… 아, 뭔지 말 좀 해봐."

"너무 많은 걸 알려고 하지 마. 그러다 다친다. 흐흐."

"그렇지 않아도 내가 많은 걸 알아서 아까 돼질 뻔한 거 아니오."

"참, 무슨 칼에 대해서 묻던데, 무슨 칼을 찾는 거야?"

"알려고 하지 마. 다쳐! 흐흐흐."

추대평이 목탁의 말을 흉내 내며 웃었다.

목탁도 킥킥대며 유쾌하게 따라 웃었다.

"아하하! 좋구나. 너를 만나서 이렇게 웃고 떠들 수 있다니."

"하하핫! 내 말이 바로 그 말이야. 아, 진짜 이렇게 형과 같이 있다는 게 믿기지 않아."

웃고 떠드는 사이에 배가 물 건너편에 도착했다.

가마우지 사냥꾼의 안내로 만난 매사냥꾼과 목탁은 가격을 흥정했다.

"은전 열 냥으로 전서구 한 마리 잡아주시오."

목탁은 은전 열 냥을 제안하고 손가락 두 개를 펼쳐 보였다.

"사냥에 성공하면 두 배를 주겠소."

"실패하면?"

매사냥꾼이 실패에 대해서 말하자 목탁은 도리질부터 했다.

"아니. 절대로 실패하면 안 되는 일이오."

"그렇다면 처음부터 두 배를 받아야겠소."

"음~ 두 배를 줄 수도 있긴 한데, 만약 실패하면 어떻게 하겠소?"

"나에게 실패란 없소."

"물론 그러길 바라지만, 만약이란 게 있지 않습니까?"

"어쩌길 바라오?"

"실패하면 많은 사람의 목숨이 위태로워질 수도 있기에 하는 말이오."

"그렇다면 값을 열 배로 올리고 나와 매의 목숨을 내놓으리다."

은전 이백 냥!

전서구 한 마리 사냥에 목숨이 걸리고 세 칸짜리 집 한 채 값이 걸렸다.

목탁이 품속에서 황금 열 냥짜리 작은 금괴를 내놓았다.

은전 사백 냥에 해당하는 값이다.

추대평의 눈이 휘둥그레졌다.

'삼사 형이 해적질로 성공했나?'

"목숨값이니 부디 성공하길 바라오."

매사냥꾼이 금괴를 받아 품속에 갈무리하였다.

"야생의 매를 어떻게 훈련시키는지 정말 궁금하네요."

매사냥꾼은 목탁이 궁금해하자 매 이야기를 줄줄이 늘어놓기 시작했다.

매는 주로 참매와 황조롱이를 포획해 사용하며, 야생의 매를 잡으면 주인과 매가 한 줌의 빛도 들지 않는 공간으로 함께 들어간다고 한다.

"어둠 속에서 매를 얌전하게 만드는 과정이지요."

"얌전하게 만들려면 매의 눈만 가리면 되지 않소?"

추대평이 고개를 갸웃하며 의문을 제기했다.

"매는 사람이 함께 들어가야 얌전히 팔 위에 올라앉지요. 어둠 속에서 아무 말 없이 마냥 앉아 있는 겁니다. 먹지도 마시지도 않지요."

"얼마나?"

"최하 3일."

"하아, 배고픈 것도 그렇고 뒷간 가는 것도 참아야 한다는 얘기네."

그 후에는 갑자기 밝은 곳으로 나오지 않고 조금씩 빛에 익숙해지게 만든다고 했다.

처음에는 촛불로, 그다음은 밝은 등잔, 차츰 등잔의 수를 늘리고 그렇게 며칠이 지나야 비로소 새벽의 자연광을 볼 수 있게 해준다는 것이다.

"왜 그렇게 천천히 빛을 보게 하죠?"

"그래야 훤한 대낮에도 주인의 팔에 앉아 있게 됩니다."

그렇게까지 되는 데 20일 정도 시간이 걸린다고 한다.

"그다음에야 본격적으로 매를 데리고 바깥으로 나가 매를 팔에 앉힌 채로 걷는 훈련을 한다오. 여기서 중요한 건 절대로 팔을 흔들어서는 안 된다는 겁니다. 하지만 매가 무겁기 때문에 팔이 흔들리지 않을 수가 없지요. 그게 참 견디기 힘든 과정이라오. 만약 팔이 지나치게 흔들리면 지금까지의 모든 노력이 수포로 돌아갑니다."

목탁은 그 말을 듣고 매사냥꾼의 팔 위에 앉아 있는 매와 사냥꾼을 바라보았다.

그 말을 들어서인지 마치 매와 사냥꾼이 한 몸 같다는 생각이 들었다.

여기까지 이르도록 둘 사이에는 얼마나 피나는 훈련과 교감이 있었을까?

목탁은 불현듯 사부의 얼굴이 떠올랐다.

둘은 지독하게 때리고 맞고 피하며 3년을 지냈다.

목탁은 문득 자신이 사부의 매라는 생각이 들었다.

'그렇구나. 사부와 난 한 몸이구나.'

목탁은 매가 자신이라는 생각이 들자 매 사냥이 궁금해졌다.

"그럼 본격적인 사냥은 언제 나가죠?"

진짜 중요한 건 매가 날려고 할 때 사냥감을 발견해서 날려는 건지, 답답해서 날고 싶은 건지 순간적으로 판단해서 매의 발목 끈을 놓아주는 훈련을 하는 것이라고 했다.

만약 날고 싶을 뿐인데 사냥 신호인 줄 알고 놓아주면 매를 영영 잃게 된다는 것이다.

팔을 통해 전해져 오는 매 발톱의 미세한 힘의 차이.

그걸 판단하는 훈련이 핵심이라고 했다.

"그게 가능한가요? 발톱의 미세한 힘의 차이를 느끼는 게?"

"가능하죠. 그러니까 매 사냥을 하는 거고. 그 판단을 훈련하는 데 대략 2년이 걸립니다."

다시 말해 매가 사냥꾼이 되는 건 한 달이면 족하지만 사람이 사냥꾼이 되는 건 2년이 걸려야 한다는 말이었다.

그러고 보니 목탁이 사부의 매를 제대로 피하기 시작한 게 2년이 넘어서면서부터였다.

2년쯤 맞자 사부가 몽둥이를 들면 눈빛만 보아도 어디로 공격해 올지 예측이 가능했고, 자동적으로 방어도 수월해졌다.

목탁의 사부 진도삼은 이렇게 말했다.

"훌륭한 무사는 진짜 승부를 겨룰 줄 알아야 한다."

그리고 진짜 승부는 '질 줄 알아야 이긴다'는 것이 사부의 말이었다.

목탁은 새삼 사부의 가르침이 마음 깊숙이 파고드는 느낌이 들면서 사부의 입버릇 같은 당부가 떠올랐다.

"목탁아, 인자무적이다."

第四章
우울한 기억

매사냥꾼과 목탁, 추대평은 수군 기지가 한눈에 내려다보이는 언덕에서 점심도 거른 채 전서구가 날아오르기만을 기다리고 있었다.

　포구엔 수많은 상선이 정박해 있고 드나드는 배 또한 수없이 많았다.

　시간은 미시(오후 1시~3시)를 지나 어느덧 신시(오후 3시~5시)로 접어들고 있었다.

　목탁이 기지에 들러 확인한 바로는 제독에게 보내는 보고서는 이미 작성되었다고 했다.

시간이 흐를수록 목탁은 초조해졌다.

"우리가 못 본 사이에 날린 건 아닐까?"

"그러게. 백구들이 날아다녀서 아차 하면 전서구를 놓치겠어."

목탁과 추대평이 불안한 기색을 내비쳐도 매사냥꾼은 조급해하지 않았다.

"사람은 못 봐도 이 녀석은 목표를 놓치지 않소. 자고로 사냥의 팔 할은 기다림이라 했소."

매사냥꾼은 매의 능력을 확신하고 있었다.

그리고 끈기 있게 사냥감을 기다릴 줄 알았다.

해가 서산마루 위에 자리 잡을 즈음 매사냥꾼이 한마디 툭 꺼냈다.

"사정이 급박해 보여 내 말은 안 했지만 장거리 전서구는 신시 넘으면 날리지 않는 법이라오."

"예? 그건 왜 그렇죠?"

"왜겠소? 바다 위엔 쉴 곳이 없고 어두워지면 새들도 자야 하니 그렇소."

"어, 그럼······."

"보나마나 전서구는 내일 아침에 보낼 거요. 그래도 혹시 모르니 아무래도 여기서 자고 새벽부터 지켜봐야 할 것 같소."

"아, 고맙습니다. 나도 보고서는 내일 아침에 보낸다는 걸 알고 있지만 혹시 몰라 미리 대비하는 겁니다. 하여간 삼백 명이 넘는 사람의 인생이 달린 일이란 걸 명심해 주시오."

목탁은 매사냥꾼에게 신신당부한 후 내일 새벽에 다시 오기로 하고 추대평과 언덕을 내려왔다.

내려오는 동안 목탁은 수군 기지와 언덕을 번갈아 돌아보느라 여러 번 고개를 돌렸다.

그런 모습에 추대평이 핀잔을 줬다.

"아따, 삼사 형, 목 돌아가겠수."

"실수하면 안 되는 일이라 그러지."

"참, 삼백 명이 넘는 사람이 대체 누구요?"

목탁은 추대평과 걸으면서 풍랑을 겪고 무인도에서 진도삼을 만난 이야기부터 해적왕 적목수라 도참을 만나고 수군과 조우하게 된 이야기를 순서대로 늘어놓았다.

추대평은 이야기의 진행에 따라 마치 자신이 목탁이 겪은 일을 경험하는 것처럼 이야기에 푹 빠져들어 흥분하기도 하고, 위수천이 목탁을 죽이려 한 대목에선 입에 거품을 물고 격분하기도 하였다.

"아니, 개 썅! 제독이나 되는 새끼가 뒤통수를 쳐?"

"설마 했는데 사숙이 예측한 대로 됐어."

목탁이 근심 어린 표정을 짓자 추대평이 어깨를 쳤다.

탁!

"삼사 형, 인상 펴! 듣고 보니 춤을 출 일이네."

"춤을 춰? 왜?

목탁이 의아한 표정으로 되묻자 추대평이 자신의 가슴을 치며 말했다.

"잘됐잖아! 나 같으면 해적왕이 준 황금 갖고 튀겠다!"

"그럼 평생 발 뻗고 못 자지. 날 믿고 맡긴 건데."

"우와! 삼사 형 변했네. 옛날엔 돈 챙기면 곧 바로 안면 몰수했잖아?"

"내가 사부 덕에 무인도에서 살아나왔는데 해적왕이 바로 사부와 사형제 지간이야. 그리고 해적도 사람인데 모두 죽게 놔둘 순 없어. 난 해적들이 새로운 인생을 살게 해주고 싶어. 너도 나랑 같이 해적질해 봐서 그 생활 잘 알잖냐."

"하긴, 우리가 바로 해적이었네."

추대평도 그 말에 고개를 끄떡거렸다.

목탁은 진지한 표정으로 추호도 뗄 생각이 없음을 밝혔다.

목탁의 말에 추대평은 더 이상 이의 제기를 하지 않았다.

사실 자신도 아직까지 해적으로 지명 수배되어 있는 몸이라 마음대로 나돌아 다닐 처지가 아니기 때문이다.

'반드시 전서구를 잡고 황궁에 가서 사부와 사숙의 명예를 회복시켜야 할 텐데……'

자신에게 기대하고 있을 사숙을 생각하자 마음이 무겁고 걱정이 앞섰다.

"하하하! 삼사 형의 사부가 인자무적인가 뭔가 가르친 효과가 있나 보네."

"대평아, 이젠 네 이야기 좀 해봐. 넌 어떻게 지냈어?"

"나도 형만큼 파란만장한 질풍노도의 시간을 보냈다오."

목탁과 추대평은 허름한 반점에서 늦은 점심을 때우고 밀린 이야기를 풀어나갔다.

"난 풍랑을 만나 나무판자를 잡고 사흘간 표류하다가 상선에 구출되었어."

"그렇게 보면 너랑 나랑 엄청 운이 좋은 셈이다. 안 그래?"

"글쎄, 운이 좋은 건지, 고생 운이 트인 건지……."

"야, 어쨌든 산다는 건 좋은 거지."

"난 아무 연줄 없는 항주에서 살아가려고 별짓 다 했어. 객잔의 점소이, 표국의 쟁자수, 창고 인부, 부두의 짐꾼 노릇도 했고, 그러다 이 지역 건달들과도 좀 사귀고 주루에서 철잠(잡상인) 노릇을 하다가 지난해부터 도전(賭殿:도박장)이 있는 도선에 터를 잡고 나서 좀 여유가 생겼어."

"그래, 고생이 많았겠구나. 그런데 아까 개방의 오결제자들에게 쫓긴 이유는 뭐야?"

"아, 그게… 얘기가 좀 긴데, 시작이… 도박 때문에 생긴 일이야."

"도박? 너 도박하냐?"

"크크크, 도박 얘기 나오니까 손이 근지럽지 않수?"

추대평이 손으로 화투 패를 치는 시늉을 하며 웃었다.

"달포 전에 한 무명검객이 도선에서 도박을 하다가 돈을 다 털리니 마포로 감싼 검 한 자루를 내놓더라고."

"흐흐! 검객이 돈 잃고 검 잃고, 막장 검객이시구면."

무림의 고수들이 자신의 애병을 맡기는 일은 거의 없다고 봐야 한다.

그러나 곤궁한 삼류무사들은 술을 마시기 위해 종종 병장 기를 잡히고 술을 마시고 급전을 빌리기도 했다.

"그런데 한눈에 척 봐도 이게 보기 드문 명검이더라고."

"어, 그래서?"

"그래서 전주에게 알렸고, 전주는 귀물 전문가에게 감정을 의뢰했지."

"그랬더니?"

"맙소사! 그 검이 값을 매길 수 없을 만큼 귀한 천하의 명검 이라는 거야."

"그거 그놈이 보나마나 어디서 훔친 걸 거야."

"내가 어디서 났느냐고 물으니까 집안 대대로 내려오는 가 보랬어."

"얼마나 달래?"

"황금 천 냥!"

"천 냥? 미친놈이구먼. 칼 한 자루에 무슨."

아까 목탁이 의뢰비로 내놓은 게 황금 열 냥으로 집 한 채 값이다.

천 냥이면 집 백 채 값이니 아무리 명검이라도 정상으로 볼 수 없는 가격이었다.

목탁이 미친놈으로 보는 건 당연한 반응이었다.

"나도 미친놈이라고 생각했는데, 감정사는 사두는 게 무조건 남는 장사라는 거야."

"에헤! 답 나왔네. 그놈들 선수야. 감정사랑 그놈이 서로 짜고 수작질 벌인 거야."

목탁의 말대로 골동품 감정사와 꾼들이 합을 맞추는 경우도 왕왕 있기도 했다.

"아니, 그렇진 않아. 귀물 감정사는 우리 쪽 사람이었어."

"어, 그래? 도대체 그게 얼마나 귀한 명검이길래?"

"검을 감정한 사람이 그러는데, 춘추전국시대 월나라 명장 구야자(歐冶子)가 만든 전설의 명검 다섯 자루 중의 하나래. 그게 바로 전설의 명검 어장(魚腸)이라는 거야."

아무도 실체를 본 적은 없지만 전설로 전해져 내려오는 십대명검이 있었다.

구야자가 만든 담로, 거궐, 순구, 승사, 어장 다섯 자루와 오나라의 명장 간장과 막야가 만든 간장, 막야, 그리고 구야자와 간장이 같이 만든 용천, 공포, 태아… 이렇게 열 자루를 십대명검이라 부른다.

당시 오나라 왕은 검 한 자루의 값으로 도시 하나의 값을 치렀다고 한다.

이처럼 어장은 말 그대로 전설 속의 명검인데 그 검이 세상에 모습을 드러낸 것이다.

"검의 실체를 아무도 본 사람이 없다면서 어떻게 명검인지 알아보지?"

"검날에 검을 만든 장인 이름과 검에 대한 내력이 새겨져 있대."

"그런데 개방이 무슨 상관이야?"

"다음 날 개방의 팔결장로 소화천(小和泉)이 도선에 나타나 그 검을 내놓으라고 난리를 친 거야."

"그자가 왜 난리를 쳐?"

"그 명검이 자기 건데 도둑맞은 거라는 거야. 우리 쪽에선 검이 너무 비싸서 사지 않고 돌려보냈다고 했지."

"근데 왜 개방이 지랄을 떨어?"

"무명검객이 검을 갖고 그냥 떠났다는 걸 안 믿는 거지."

"진실은 뭐야? 검을 샀어, 안 샀어?"

"어… 그건… 알려고 하지 마! 다쳐!"

소화천이 도난당했다며 소유권을 주장하지만 원 소유권을 증명할 방법은 없었다.

검을 찾으려 혈안이 된 개방은 강자이고 하오문은 정면으로 맞설 수 없는 약자이다.

약자가 아무리 아니라고 해도 강자가 억지를 부리면 방법이 없다.

개방은 집요하게 검의 행방을 캐며 무명검객이 도박을 한 도선의 책임자인 도선장과 최초로 검을 목격한 추대평을 겁박하고 있다는 것이다.

목탁은 고개를 갸웃하며 나름 추리를 전개했다.

"뭔가 냄새가 나는데? 개방이 뭔가 냄새를 맡아서 그런 걸 테지. 막무가내로 그럴 리는 없다고 봐. 뭐냐? 나한테도 말 못 할 비밀이 있는 거야?"

"그게 아니고… 때로는 모르는 게 좋을 때도 있는 법이야."

"흐음……."

'느낌상 칙칙한 게 절대로 기분 좋은 쪽은 아니고……'

목탁은 추대평에게 더 이상 캐묻지는 않았다.

하지만 콩 한쪽도 나누어 먹던 추대평이 자신에게 털어놓지 않는 게 있다는 게 좀 서운했다.

목탁은 추대평과 회포를 풀고 서운한 감정도 풀고자 술을 많이 마셨다.

술이 취하자 두 사람은 객잔으로 자리를 옮겨 밤늦도록 또 술을 들이켰다.

목탁과 추대평은 충분히 취할 만큼 술을 많이 마셨지만 이 상하게도 술이 취하지 않았다.

목탁은 오히려 마실수록 정신이 맑아지는 기분이 들었다.

"이게 술이냐, 물이냐? 아무리 마셔도 취하질 않네."

"삼사 형, 안 취하지? 나도 그래."

"새벽에 매사냥꾼한테 가봐야 하니까 취해서 쓰러지면 곤란 해."

"삼사 형, 나 궁금한 게 있는데……."

"응? 뭔데? 뭐가 궁금하냐? 내가 모르는 거 빼고는 다 알려 주마."

"형이 처음에 나한테 밀수선 타자고 했을 때, 반드시 부자 가 되어야겠다고 했잖아."

"어, 맞아. 그때 그랬지."

"그때 돈 벌려는 이유가 사랑 때문이라고 했잖아. 그 상대 가 누구야?"

"흐흐, 상대가 누군지 알면 넌 놀라 자빠질 거다."

"누군데? 포목점 유가 딸 링링?"

"야! 내가 그런 여우한테 목숨 걸 놈으로 보이냐?"

"그럼 누구야? 혹시 산동반점 둘려진?"

"흐흐흐, 곽진걸의 셋째 딸 곽청이라면 믿겠냐? 곽 소저한 테 부자가 된 모습으로 나타나고 싶어서 그랬다."

"헤에, 맛이 갔구만. 얼굴 한 번 못 본 주제에 목숨을 건다 는 게 말이 돼?"

추대평이 믿지 않자 이삼사는 곽청과의 인연을 줄줄이 늘 어놓았다.

그래도 추대평의 반응은 영 시원치 않았다.

"아무리 그래도 그 아가씨가 형을 좋아한다는 건 말이 안 되잖아."

"야, 왜 말이 안 돼? 내게 남 모르는 매력이 있을 수도 있는 거지."

"……"

잠시 뜸을 들이던 추대평이 상황을 정리했다.

"그러니까 곽 소저를 형이 남 몰래 짝사랑했는데, 도저히 실 현 가능성이 없으니까 형이 홧김에 배를 탄 거라면 말이 되 네."

"뭐?! 아, 아냐! 선녀, 아니, 곽 소저는 나를 진짜 인간적으로 좋아했어."

"헤헤헤! 말도 안 되는 웃기는 얘기지만, 뭐 착각은 자유니까."

"마, 착각이 아니라 사실이야! 나 진짜 숨기는 거 없다. 쪽팔려서 너한테 말 안 한 건 있지만."

"거 봐. 내가 그럴 줄 알았다니까. 형이 다짜고짜 밀무역하자고 설칠 때부터 뭔가 좀 이상했어. 누구한테 무슨 개망신을 당했는지 털어놔 봐."

목탁은 술을 한 모금 넘기고 5년 전 그때의 기억을 더듬어 올라갔다.

＊　　　　＊　　　　＊

그러니까 그날은 바로 곽청의 아버지 곽진걸의 생일이었다. 이삼사는 곽청의 초대를 받고 처음엔 좀 망설였지만 한 번이라도 선녀를 더 만나고 싶은 마음에 나름 때 빼고 광낸 다음 그녀의 집을 찾아갔다.

그날 곽청의 아버지 곽진걸은 과년한 딸의 혼인 상대를 결정지으려는 마음으로 인근의 권문세가를 모조리 초대하여 생일 축하연은 인산인해를 이룰 만큼 대성황이었다.

하객들이 다투어 축사를 했고, 분위기가 무르익자 곽진걸은 곽청을 앞으로 불러내어 하객들에게 소개하며 이렇게 말했다.

"금지옥엽으로 키운 내 셋째 딸이 혼기가 찼는데도 아직까지 사윗감이 나타나지 않아서 근심입니다. 이 녀석 고집이 보통이 아니라 지금까지 들어오는 혼처를 모두 마다하였는데 오늘은 나와 한 가지 약조를 하였습니다. 오늘 내 생일 선물로 자신의 배필이 될 사람을 선택하겠다고 하였으니 내 딸아이와 혼례를 치르고 내 사업을 물려받고 싶은 총각은 누구든지 서슴없이 앞으로 나와 주시오!"

"와아아!"

곽진걸의 말이 끝나기가 무섭게 열댓 명의 청년이 연회장 앞으로 앞다투어 달려나왔다.

하나같이 인물이 훤하고 기골이 장대한 귀공자들이 늘어서자 곽진걸은 벌써 사윗감을 정하기라도 한 듯이 입을 헤 벌리고 좋아했다.

사실 곽진걸은 자신의 생일을 핑계 삼아 사윗감을 정하려고 곽청을 몰아붙였고, 그동안 매파를 통해 청을 넣은 유력한 집안의 자제들을 모두 초청하였다. 모두 고르고 고른 인물들이니 곽진걸은 누가 되든 오늘은 분명히 사윗감이 정해질 거라고 생각하여 느긋한 마음이었다.

그런 사정을 모른 이삼사는 곽진걸의 말을 듣자 가슴이 휑하고 맥이 탁 풀린 채 씁쓸한 마음이 들어 남모르게 한숨을 내쉬었다.

'하아~ 선녀의 배필이 될 행운아는 좋겠네.'

곽진걸이 총각은 누구든지 서슴없이 앞으로 나오라고 했지만, 언감생심 자신의 처지를 잘 아는지라 감히 앞으로 뛰어나 갈 생각은 꿈에도 하지 못했다.

곽청과 곽진걸이 늘어선 장정들 앞을 천천히 지나치며 용모 를 살폈다.

"자, 청아. 이제 네가 맘에 드는 사람 앞에 가서 서도록 해 라. 나는 네가 선택한 사람은 누구라도 좋다."

모두들 마른침을 삼키며 곽청이 누구 앞에 가서 설지 이목 이 집중되었다.

곽청이 천천히 걸음을 옮기자 모두의 눈이 그녀를 뒤따랐 다.

그런데 곽청의 걸음은 늘어선 장정들을 지나쳐 지켜보는 사 람들 한구석에 파묻혀 있는 한 청년에게로 향하는 것이었다.

이윽고 곽청이 한 청년 앞에 가서 서더니 이렇게 말했다.

"저는 이분을 선택하겠어요."

모든 사람의 눈이 곽청 앞에 선 청년 이삼사에게 집중되었 다.

이삼사는 곽청의 뜻밖의 행동과 말에 가슴이 터져 나갈 것 만 같았다.

이건 아무리 생각해도 꿈이지, 이런 게 현실일 리는 없으므 로 자신의 혓바닥을 깨물어보았다.

악 소리가 날 만큼 아팠고 눈물이 찔끔 나왔다.

그렇다면 이건 꿈이 아니라는 얘긴데 도무지 현실감이 느껴지지 않았다.

만일 이 중에 누군가 자신을 알아보는 사람이라도 있다면……. 생각이 거기에 미치자 얼굴이 뜨거워지고 몸이 덜덜 떨리기만 할 뿐 아무 말도 나오지 않았다.

선녀가 아버지 생신 잔치에 초대해서 왔지만 이런 상황이 벌어질 줄은 정말 꿈에도 몰랐다.

그동안 깊은 이야기를 나눈 적도 없는데 어째서 이런 일이 벌어진 것인지 도무지 감이 잡히지 않았다.

곽청의 선택에 줄지어 늘어선 장정들의 안색은 모두 흙빛이 되고 실망감이 가득하였다.

그들은 곽청이 앞에 선 행운의 남자를 부러움과 질시의 눈으로 바라보고 있었다.

곽진걸은 예정에 없는 낯선 청년 앞에 딸이 서자 천천히 걸어오며 생각했다.

'저 청년은 누구지? 척 보니 유생은 아니고, 무관의 자제인가?'

그는 산전수전 다 겪은 노회한 사업가답게 한 번 척 훑어보면 상대에 대한 견적을 대략 뽑아낼 수 있었다.

부티가 나는 것도 아니고 귀티가 나지도 않는다. 그렇다면 무장의 호연지기라도 느껴져야 하는데 그런 것도 없다.

사내자식이 달달 떠는 모습이 아무리 좋게 보려 해도 눈에 차지 않았다.

곽진걸이 다가오자 곽청이 그가 한 말을 상기시켜 주었다.

"아버님께서는 제가 맘에 드는 사람 앞에 서면 내가 선택한 사람은 누구든지 좋다고 하셨지요? 전 이 공자님을 선택했어요."

수많은 사람 앞에서 한 말이니 허언이라고 돌이킬 수도 없다.

하지만 곽진걸은 노회한 사업가답게 정답이 아니라고 여겨지자 섣불리 대답하지 않았다.

"청아, 저 공자는 네가 아는 공자더냐?"

"예, 저와 향아가 위기에 빠졌을 때 목숨을 구해주신 공자님이십니다."

"오! 그런 일이 있었느냐?"

곽진걸이 눈빛을 날카롭게 빛내며 이삼사의 전신을 훑었다.

"공자는 이름이 어찌 되는가?"

"소, 소인은 이삼사라 하옵니다."

"공자는 내 딸과 혼인하고 싶은가?"

"아, 저, 저는……."

이삼사는 마음은 굴뚝같았지만 차마 '예'라는 대답을 입 밖으로 내지 못했다.

이삼사가 대답을 못 하자 곽진걸의 입가에 살짝 미소가 떠올랐다.

"청아, 네 선택을 존중한다만 혼례는 양쪽의 뜻이 다 맞아야 가능한 법! 이 공자는 처음부터 앞으로 나서지도 않았고 지금도 대답이 없으니 저 앞에 나선 공자들 중에서 선택하는 게 좋을 것 같구나."

곽진걸의 말에 곽청은 안타까운 눈빛으로 이삼사의 눈을 응시하며 물었다.

"공자님은 제가 싫으신가요?"

"아, 아닙니다."

"그럼 '예'라고 말씀해 주세요."

그러자 곽진걸이 매서운 눈빛으로 이삼사를 쏘아보며 나직하게 말했다.

"자네가 '예'라고 대답하면 내 사위가 되어 내 모든 사업을 물려받아 장차 천이백 명이 넘는 식솔을 다스린다는 뜻일세. 그 가족들까지 따지면 최하 오천 명의 목숨이 자네 손에 달리게 된다는 의미일세. 자신 있나?"

곽진걸의 무거운 질문에 이삼사는 쉽게 입이 떨어지지 않았다.

곽진걸의 어마어마한 부를 알기에 자신이 감당할 수준이 아님을 잘 아는 까닭이다.

이삼사가 쉽게 대답을 못하자 곽청이 뜻밖의 말을 하였다.

"하지만 공자님께서 사업에 뜻이 없다면 아버지의 사업은 형부들이 뒤를 이을 거예요."

곽청의 말에 곽진걸이 버럭 소리를 질렀다.

"청이는 나서지 마라! 빠져 있어!"

"아버지의 사위 이전에 제 낭군이 될 텐데 제가 빠질 순 없어요."

"이 공자는 잘 듣게. 내 딸의 목숨을 구한 은인이라니 그 사례는 충분히 하겠네."

"아, 아닙니다. 사례하실 필요 없습니다."

"사례하는 대신 한 가지 부탁이 있네. 난 후계자가 필요하니 스스로 자격이 안 된다고 생각되면 두 번 다시 내 딸을 만나지 말게."

곽진걸의 말은 날카로운 비수가 되어 이삼사의 가슴을 찔렀다. 그때 이삼사는 진짜 가슴을 칼로 도려낸 듯한 아픔을 느꼈다.

"저, 저는 자격은 부족하지만 곽 소저를 정말 좋아합니다."

이삼사의 말에 곽청의 얼굴이 환하게 밝아졌다.

곽청이 곽진걸 앞으로 나섰다.

"전 이 공자님이 후계자 자격이 충분하다고 생각해요."

그 말에 곽진걸이 매서운 눈으로 이삼사를 쏘아보았다.

"자네는 스스로 내 후계자가 될 자격을 증명할 수 있겠는가?"

"……."

무엇을 어떻게 증명한단 말인가?

이삼사는 꿀 먹은 벙어리처럼 아무 말도 내놓지 못했다.

곽진걸은 모두가 들으라는 듯이 천천히 자신의 후계자가 되는 조건을 말했다.

"내가 지금의 부를 일구는 데 삼십 년이 걸렸지. 자네가 3년 안에 내 재산의 십분의 일만큼의 부를 일군다면 내 후계자로 받아들일 수도 있네. 어떤가? 할 수 있겠나?"

"아버지, 그건 너무해요."

곽청이 나서서 항의할 만큼 그건 도저히 불가능한 일이었다.

그런데 이삼사의 가슴 한구석에선 뭔가 뜨겁게 치솟아 오르는 게 있었다.

지금까지 곽청은 마음은 원하되 그저 그림 속의 꽃이요, 이룰 수 없는 꿈이었다.

그런데 곽진걸이 천하의 거부라지만 십분의 일의 부를 일구어 곽 소저와 함께할 수 있다면 목숨을 걸고 도전할 만하지 않은가?

"하, 한 번 해보겠습니다."

이삼사는 자신도 모르게 주먹을 불끈 쥐고 내뱉었다.

그 순간 곽진걸은 움찔했고, 곽청의 눈은 놀람과 기쁨이 반씩 섞여 있었다.

그리고 3년이란 시간에서 2년이 더 지나 버렸다.

*   *   *

우울한 기억을 더듬던 이삼사는 얼핏 잠이 들었다.

맞은편에 앉아 있는 추대평은 벌써부터 탁자에 엎드려 코를 골고 있었다.

얼마나 시간이 지났을까?

요의를 느끼고 소피를 보러 게슴츠레 눈을 뜬 이삼사는 순간 화들짝 놀라며 소리쳤다.

"대평아! 인시 전에 매사냥꾼한테 가야 해!"

수군 기지가 내려다보이는 언덕 위에서 매사냥꾼은 바위에 기대어 매와 함께 날카로운 눈으로 수군 기지를 쏘아보고 있었다.

목탁과 추대평이 모습을 보이자 매사냥꾼은 아직까지 전서구를 날리지 않았다는 뜻으로 말없이 고개를 옆으로 저었다.

목탁이 그의 곁에 앉으며 입을 열었다.

"오다가 수군 기지에 들렀는데 전서구는 허락을 받아야 하므로 내일 아침에나 띄운답니다. 오늘은 쉬어도 좋을 것 같습니다."

"만사 불여튼튼이니 나는 여기서 계속 지켜보리다."

목탁은 가벼운 목례로 감사의 뜻을 표했다.

*　　　*　　　*

항주는 미항으로 유명하지만 더 유명한 건 홍등가이다.

밤이면 거리를 화려하게 수놓는 홍등은 항주가 강호 제일의 색향임을 알게 해준다.

기루와 기방, 객잔이 저마다 화려한 등을 내걸고 호주가, 호색가들을 유혹한다.

밤거리엔 취객을 실어 나르는 마차와 인력거가 즐비하고 그보다 더 많은 여인들이 짙은 화장을 하고 남자들을 유혹한다.

항주에서 호가난 부자나 한량들이 제일로 꼽는 기루는 단연 창연루이다.

창연, 새로운 인연이 시작되는 곳.

물의 도시 항주는 거대한 도시이다.

크고 작은 수로(水路)가 거미줄처럼 사방으로 뻗어 있고, 중

앙수로는 어지간한 범선도 다닐 정도로 넓었다.

장강 줄기와 이어지는 서쪽 수로의 끝에는 수목이 잘 조림된 섬이 하나 있었다.

섬에는 수령이 오래된 느티나무 숲이 멋들어지게 펼쳐져 있고, 숲에는 수시로 온갖 새들이 날아들었다.

창연루는 바로 그 섬에 위치하고 있었다.

대로에 위치한 기루는 마차를 타고 가지만 창연루에 가려면 배를 이용해야 했다.

중심 건물은 칠 층 누각인 창연대로, 층마다 항주 최고의 기녀들이 시, 서, 화를 선보이고 악기를 연주하며 춤사위를 펼친다.

창연루에는 몇 가지 불문율이 있었다.

우선 창연루의 기녀는 술과 웃음을 팔지만 몸은 팔지 않는다는 것이다.

멋모르고 주사를 부리거나 여자를 요구하면 즉시 퇴장당하는 건 물론이고 차후로는 입장이 불가했다.

창연루의 기녀가 되려면 악기 연주와 가무는 물론 시, 서, 화에도 일가견이 있어야 했는데, 그것이 바로 당대의 유명한 시인묵객들이 발걸음을 하는 이유이기도 했다.

하룻밤 풋사랑이 아닌 영혼의 교감이 이뤄지는 곳이 바로 창연루였다.

창연루는 제아무리 돈이 많은 졸부라도 풍류를 모르면 대접받지 못했다.

창연루의 주인은 조비비란 여인이다.

소문에 의하면 상당한 무공을 지닌 무림의 여걸이라는 말도 있었지만 확인된 사실은 아니었다.

확실하게 알려진 것은 조비비의 재력이다.

조비비는 창연루와 함께 삼십 척이 넘는 배를 소유하고 있는데 그 배들은 모두 도박장을 운영하는 도선이었다.

도선은 창연루의 실질적인 부가 창출되는 곳이며, 비밀스러운 일들이 진행되고 처리되는 곳이기도 했다.

조비비는 쉽게 모습을 드러내지 않아서 소문이 무성했다.

숱한 소문에도 불구하고 사람들이 모르는 사실이 두 가지 있었다.

첫째는 조비비 그녀가 바로 하오문의 문주라는 사실이다.

둘째는 진짜 하오문주는 따로 있으며 그 정체는 아무도 모른다는 것이다.

그러나 하오문은 애초에 전국 조직이 아니라 지역 조직인 까닭에 문주가 여럿이라 해도 하등 이상할 것이 없는 일이었다.

얼굴을 잘 드러내지 않는 그녀였지만 후일 그녀의 빼어난 미모에 감탄한 손재주 좋은 한 조각가가 나무로 그녀의 모습을 깎아 세상에 선보임으로써 그녀의 미모가 천하에 널리 알려졌다고 한다.

정교하게 나무로 깎은 조각품은 수없이 복제되어 토기로도 구워지고 천으로도 만들어져 강호에선 비비인형이라 불리어졌고, 물 건너 파란 눈의 상인들에게도 인기가 많았다고 한다.

창연루 대연회장의 벽에는 당대의 영웅호걸, 재사들이 남긴 사나이 가슴에 불을 지르는 명시들이 즐비하게 붙어 있다.

그중에서도 50년 전 일세를 풍미한 영웅 검왕 도용필이 남긴 명시가 압권인데 시를 중앙의 거대한 아름드리 기둥에 양각으로 새기어 금칠을 해놓았다.

구절구절 처절한 영웅의 구검 행로는 지금도 보는 이의 심금을 울리고 있다.

창연루의 인기 공연은 창작 가극 설산의 검객이다.

공연은 비장한 배경음악으로 시작된다.

가극의 내용은 무공에 미친 검객의 처절한 일대기를 보여주는 것이다.

비급을 찾아 험산준령을 떠돌아다니는
무공에 미친 사나이를 본 일이 있는가.
절정의 상승 무공만을 찾아다니는

무공에 미친 사나이.
나는 일류검객이 아니라 검신이 되고 싶다.
절세 무공을 연마하다 굶고 얼어 죽어도
눈 덮인 험산준령의 그 사나이이고 싶다.

꿈을 꾸면 위대한 검왕, 깨고 나면 초라한 무사.
나는 지금 험산의 어두운 한 모퉁이에서 잠시 졸고 있다.
야망에 찬 강호의 무사 누구라도 나는 꺾는다.
이 큰 무림의 복판에 이렇듯 처절히 혼자 수련한들 무슨 상
관이랴.
나보다 더 불행하게 살다 간 도호란 사나이도 있었는데.

하수처럼 살다가 무명으로 갈 순 없잖아.
내가 연마한 비급일랑 남겨둬야지.
장풍이 하품처럼 소리 없이 사라져도
무사는 무공으로 타올라야지.
졸지 마라. 자냐고, 왜 자냐고 묻지를 마라.
고독한 검객의 불타는 영혼을 아는 이 없으면 또 어떠리.
아무리 심오한 초식일지라도
한 가닥 미련으로 나는 버티리.
마르고 삭아버린 몸일지라도

거센 수마가 눈꺼풀 닫아도
꺾이지 않는 한 자루 명검 되리.
내가 지금 이 무공을 연마하는 것은
이 시대가 간절히 고수를 원하기 때문이다.
비급인가 검인가, 저 높은 곳 험산준령.
오늘도 나는 가리. 장검을 메고서.
졸다가 만나는 검신과 악수하며
그대로 잠이 든들 또 어떠리.

오늘도 영웅을 꿈꾸는 수많은 검객들이 창연루를 찾아와 설산의 검객 공연을 보았다.

끝없는 고수의 길을 떠나기에 앞서 각오를 다지는 창연루의 한 풍속도이기도 했다.

    *   *   *

석양도 스러져 어둠이 서서히 내려앉는 시간.

작고 날렵한 배 한 척이 창연루를 향해 미끄러져 가고 있었다.

좌아아아!

선착장으로 미끄러져 오는 작은 배를 보면서 미리 대기하고 있던 개방의 오결제자 두 명이 누군가에게 가벼운 수신호를 보냈다.

창연루의 선착장은 한꺼번에 수십 대의 배를 댈 수 있을 만큼 넓었다.

작고 날렵한 배 한 척이 선착장에 닿자 한 무리의 장정들이 몰려와 좌우로 시립했다.

무리의 제일 앞에 선 두 사람은 추대평을 핍박하던 개방의 오결제자였다.

범상치 않은 풍모의 노인 다섯 명이 배에서 내려 선착장으로 올라서자 좌우로 시립한 장정들이 일제히 한목소리로 우렁차게 외쳤다.

"제자들이 장로님들을 뵙습니다!"

개방 패거리의 머릿수를 헤아려 보니 오십 명은 족히 넘어 보였다. 그중 여덟 개의 매듭을 가진 자도 다섯이나 보였는데, 개방의 팔결장로 다섯 명이 한자리에 나타난 것은 보기 드문 일이었다.

방 내의 어지간한 중대사라 해도 해당 지역의 관계자들 정도만 모여서 일을 처리하고 사후에 보고하는 것이 개방의 일반적인 관례라고 할 수 있다.

다섯 명의 장로가 나타난 것은 그만큼 중요한 일이 있다고 봐도 무방했다.

창연루의 여주인 조비비는 중심 건물인 칠 층 누각 창연대의 제일 높은 곳에서 선착장을 내려다보며 아랫입술을 지그시 깨문 채 깊은 생각에 잠겨 있었다.

'내가 감당할 수 있는 선을 넘어버렸어.'

그러나 마냥 생각에 잠겨 있을 상황이 아니었다.

강호에 명성이 있는 재사나 무명을 날리는 인물이 창연루를 찾아오면 주인이 직접 맞이하는 것 또한 창연루의 전통이기도 했다.

조비비는 각 층의 집사들을 이끌고 창연대 입구에서 개방의 장로들을 맞이했다.

"대주가 금일 고명하신 개방의 장로님들을 모시게 되어 영광입니다."

조비비는 스스로를 루주가 아닌 대주로 소개했다.

자신의 역할을 축소하여 소개하는 것은 겸양의 미덕이다.

"예고도 없이 찾아와 폐를 끼치게 되었소이다. 허물을 너그러이 용서해 주시오."

팔결장로 중 수석장로인 적선시구 소화룡이 예를 갖췄다.

적선시구 소화룡은 일찍이 개방 입문 3년 만에 저 유명한 각설이 타령을 만들어 개방의 위상을 높이고 개방의 발전과 단결을 이끌어낸 것으로 유명했다.

'얼씨구 씨구 들어간다'로 시작되는 각설이 타령은 구걸의 품격을 높이고 적선의 흥취를 높여 구걸을 하나의 행위 예술로 승화시켰다는 평가를 받았다.

각설이 타령은 구걸을 하는 자와 베푸는 자의 경계를 허물고 부자와 빈자가 더불어 사는 세상이 가능할 수도 있겠다는 생각이 들게 하였다.

하여 그는 일찍이 차기 개방의 번영을 주도할 인재로 주목받았다.

개방의 10만 걸개 중 단연 돋보이는 자로서, 이변이 없는 한 개방의 차기 방주가 될 것이란 말이 공공연하게 떠돌았다.

미시가 지나면서부터 선착장에 화려한 범선들이 나타나기 시작했다.

네 척의 범선에 내걸린 기(旗)를 본 조비비는 허둥대며 집사들을 또 소집했다.

하북 팽가!

사천 당가문!

악양 악가장!

하남 모용세가!

하나같이 위풍당당하고 쟁쟁한 강호 최고의 명문세가들이다.

집사들은 이렇게 허둥대는 조비비의 모습을 지금까지 한 번도 본 적이 없었다.

"대주님, 부르셨습니까?"

"오대세가가 총출동했으니 모두 정신들 바짝 차려야 할 것이야!"

오대세가라는 말에 집사들도 안색이 변했다.

전통의 구파일방과 대등한 세를 이룰 만큼 오대세가라는 이름은 강력했다.

아니, 어쩌면 당금 무림에서는 오대세가의 기세가 전통의 명문 구파일방보다 오히려 더 앞선다고 보아야 할 것이다.

그도 그럴 것이 무림을 대표하는 무림맹주가 바로 오대세가 중 하나인 남궁세가에서 나왔기 때문이다.

명성이 자자한 오대세가의 주요 인물들이 범선에서 선착장으로 속속 내려섰다.

제일 먼저 온 것은 하북의 팽가였고, 그 뒤를 이어 사천의 당가문이 당도했다.

연이어 악양의 악가에서 악가장 서열 3위인 진천뇌우 악무혁이 나타났다.

마지막으로 모용세가의 수석장로 화수혼천 모용걸이 선착장에 모습을 나타냈다.

조비비는 일곱 집사에게 개방을 맞을 때보다 더 엄하게 지시를 내렸다.

"귀빈들을 모시는 데 실수 없도록 하고 불필요한 말이나 행동은 일절 삼가도록!"

"예, 분부대로 따르겠습니다, 대주님!"

"거동이 수상한 자는 눈여겨보고 즉각 보도하도록!"

"예, 대주님! 그런데 오대세가 총출동이라고 하셨는데 지금 온 건 사대세가입니다."

창연대 2층을 맡은 집사의 질문에 조비비는 숨을 한 번 크게 들이켜고 빠르게 말했다.

"사대세가가 왔으니 최고 명문세가인 남궁세가도 곧 도착할 것이다."

그렇다. 현 무림맹주 남궁일경이 궁주로 있는 남궁세가가 빠질 리 없었다.

일곱 집사는 긴장이 지나쳐 다리가 후들거렸다.

창연루가 문을 연 이후로 지금까지 이런 막강한 인물들이 한꺼번에 몰아닥친 적이 없었다.

어느 한 곳이라도 시비가 일어나면 창연루 정도는 삽시간에 풍비박산되고도 남는다.

창연루도 어엿한 무림의 한 세력인 하오문의 그늘에 있긴 하지만 하오문과 오대세가와는 애초에 비교 대상이 아니었다.

명문 정파는 물론 사파라 해도 모두 무공을 기반으로 한 세력들이다.

기루와 객잔, 도박장 등의 사업을 기반으로 하는 하오문이 저들과 맞선다는 건 자살 행위나 마찬가지였다.

오대세가 중 제일 늦게 온 것은 남궁세가 가주의 삼남 비도 검선 남궁후였다.

혈족 중심인 세가들의 출현은 사실 그리 놀라운 일이 아니었다.

문파와 달리 혈연 중심인 각 세가들은 추구하는 목표가 있으면 가장 빠르게 움직일 수 있는 체계이기 때문이다.

그런데 신시에 접어들면서는 구파일방의 고위급 인물들까지 배에서 내리기 시작했다.

손님을 맞는 조비비는 이젠 정신이 멍해서 제대로 놀라지도 못했다.

'맙소사! 도대체 어쩌자고 이렇게 몰려드는 거야?'

이것은 세인의 이목이 집중되고도 남을 일이다.

구파일방이 한 자리에 모이는 건 강호에 대혈겁이 있어 무림첩을 돌릴 때나 가능한 일이다.

가장 최근에 무림첩을 돌린 것이 조정의 북벌 때였고, 헤아려 보니 벌써 삼십 년 전의 일이다.

소림사와 무당파, 아미파는 모처에서 합류하여 같은 배를 타고 와 선착장에 내렸다.

그런데 일각도 안 되어 곤륜파와 공동파가 모습을 보이더니 이각 후엔 형산파와 점창파가 당도했고 전진파가 제일 뒤로 왔다.

구파일방 모두가 이곳 창연루에 집결한 것이다.

조비비는 처음 개방과 오대세가가 나타났을 땐 그럴 수도 있다고 생각했다.

'저들도 귀가 있으니 소문은 들었을 것이고, 진위가 궁금하겠지.'

그런데 구파의 장문인을 비롯한 장로들이 속속 모습을 드러내자 아연실색하였다.

그때부터 조비비는 칠 층 누각을 서성거리며 대책을 고심했다.

'저들이 나타난 이유는 단 하나, 구야자(歐冶子)가 만든 전설의 명검 어장(魚腸) 때문일 터.'

고민에 잠긴 조비비를 한층 더 경악시킨 건 술시가 가까워지면서 나타난 인물들이었다.

무수한 붉은 기를 휘날리는 범선 한 척이 나타나자 창연대가 술렁거렸다.

범선을 본 사람들은 모두 설마 하면서도 범선에서 시선을 떼지 못했다. 무수한 붉은 기는 바로 사파인 녹림의 상징이었다.

이윽고 선착장에 배가 닿자 지켜보던 사람들은 모두 두 눈을 크게 떴다.

녹림십팔채의 총표파자 냉혈마제 벽혈무가 배에서 내린 것이다.

그의 출현에 조비비는 경악을 금치 못했다. 그도 그럴 것이 그가 바로 20년 전 일어난 대혈겁의 장본인이기 때문이다.

그가 사람들 앞에 모습을 드러낸 건 근 20년 내에 처음 있는 일이다.

그를 한눈에 알아볼 수 있던 건 그를 수행하는 자들의 면면 덕분이었는데 그들은 바로 그가 수족처럼 부리는 녹림십팔채의 채주들이었다.

다시 말해 지금 창연루에 녹림이 총출동한 것이라고 보면 된다.

*   *   *

사람은 너무 놀라게 되면 오히려 담담해지는 법이다.

'이야기가 어떻게 시작돼서 어디로 흘러갈까?'

창연루 주인 조비비는 다음 상황이 어떻게 전개될지 감이 전혀 잡히지 않았다.

뭔가 흥미로운 일이 벌어질 것은 분명한데, 그게 뭔지 도무지 모르겠다.

조비비는 자신이 아우를 수 있는 범위를 넘어서자 이젠 그 귀추가 궁금해졌다.

22년 전, 정사 대혈투 이후 백도와 흑도가 한 자리에 모인 건 처음 있는 일이다.

누가 첩지를 돌린 것도 아니고 연통을 주도한 인물이나 세력도 없다.

그런데 이렇게 모인 건 그만큼 전설의 명검이 상징하는 바가 크기 때문이다.

사실 따지고 보면 소문의 근원지는 개방이라고 할 수 있었다.

팔결장로 소화천이 도선에 찾아와 난리를 피웠고, 오결제자가 백주에 칼부림을 하였다.

그건 여기를 좀 봐달라고 세상에 대놓고 광고를 한 셈이다.

저잣거리의 발 빠르고 입이 싼 하오문의 수족들은 명검 이야기를 바람보다 빨리 퍼뜨렸다.

'창연루에 천하의 명검 어장이 나타났다!'

그런데 아무리 신출귀몰하고 경공술이 뛰어난 고수라 하더라도 불과 며칠 만에 강호를 종횡하여 항주에 당도할 수는 없었다.

구파 중 가장 가까운 형산의 형산파라 해도 삼천 리 길이었다.

개봉이 본부인 개방과 숭산의 소림사는 오천 리 길이고 화산의 화산파나 무당산의 무당파도 소림사보다 멀면 멀지 결코 가깝지 않았다.

청성산의 청성파나 아미산의 아미파는 무려 만 리 길이다.

그것은 적토마나 한혈보마를 타고 질주한다 하더라도 사흘 안에는 불가능한 일이다.

그렇다면 결론은 하나, 진작 항주 인근 어딘가에 미리 와 있었다는 얘기다.

명검 어장의 출현이 알려진 것이 달포 전이니 소문을 들은 후 그동안 각각 은밀하게 움직이고 있었다고 봐야 한다.

명검 한 자루가 세상에 출현하여 전 강호를 진동시키고 있는 것이다.

모두를 경악시킨 결정적인 인물은 마교의 교주인 악천마후 천마천이었다.

악천마후를 본 사람은 드물지만 그에 대한 소문을 모르는 사람은 없었다.

만독불침!

십성대공의 무천자!

흡혈마공의 파천황!

삼십 년 전 무제 태양신검은 그와 겨뤄 양패구상을 당하고 이렇게 말했다.

"그와 겨뤄 같이 죽을 수는 있어도 그를 이길 수는 없었다."

악천마후 천마천은 십팔 년 전 스스로 절검(切劍)하고 강호에서 물러났다.

절검의 이유에 대해서는 온갖 소문이 많았으나 정통한 소식통에 의하면 사랑하는 한 여인의 죽음 때문이라고 했다.

그 여인은 강호인들도 익히 아는 철혈마녀 맹미갈이었다.

그녀의 무공은 악천마후와 막상막하로 우열을 가리기 힘들 정도라고 했다.

철혈마녀는 악천마후의 동문 사매로 악천마후는 그녀를 자기 목숨보다 더 사랑했지만 그녀는 불치병을 앓고 있었기에 끝까지 악천마후의 구애를 받아들이지 않았다고 했다.

사람들은 둘의 사랑을 '악마의 순정'이라고 하였다.

어쨌거나 악천마후 천마천의 출현은 십대명검의 출현만큼이나 놀라운 일이었다.

조비비는 물론 창연루의 종사자들은 강호 최고의 귀빈들을 모시느라 혼이 나갈 지경이었다.

누구 하나 소홀히 대할 수 없는 당대의 초일류급 무림인들이다.

객실은 충분하지만 최상급의 귀빈실은 한정되어 있었다.

만에 하나 위상에 흠이 가는 대접을 받았다고 여기는 문파가 나오기라도 하면 감당하기 힘든 일이 벌어질 수도 있었다.

창연루는 졸지에 강호의 주요 인물이 한자리에 모인 무림의 중심이 되어버렸다.

절세의 고수들이 속속 모여들자 주위에 엄청난 기류가 형성되어 새들조차 울지 않았다.

술시 정각에 날렵한 배 한 척이 선착장에 도착하자 사람들의 시선이 쏠렸다.

배에서 어느 문파의 말석을 차지하거나 아니면 허드레꾼으로 보이는 두 청년이 내렸다.

그러자 대기하고 있던 개방의 오결제자 두 명이 황급히 달려와 허리를 조아렸다.

"군사님을 다시 뵙게 되어 영광입니다."

"하하! 반갑소이다. 서둘러 오려 했는데 공무가 좀 바쁘다 보니 늦었소이다."

구파일방과 오대세가, 녹림과 마교 등 모든 이의 시선이 그들에게 집중되었다.

목탁은 이마에 손을 대고 칠 층 누각 창연대의 화려한 위용을 감상했다.

창연대에서 뿜어져 나오는 무시무시한 살기에 호수의 물고기조차 튀어 오르지 못했다.

목탁은 선착장에 내리면서부터 어쩐지 기분이 찜찜했다.

뭐라고 말할 수는 없지만, 주루에 갔는데 술 맛이 안 나는 날처럼 뭔가 내키지 않았다.

본능, 또는 직감인 것이다.

第五章
명검의 소유 자격

목탁은 주위를 둘러보며 풍광에 감탄을 금치 못했다.

호수와 아름드리나무가 우거진 숲이 호화찬란한 창연대의 누각과 잘 어우러져 있다.

'경치 죽이네.'

목탁은 문득 곽청을 처음 만나서 그녀의 집에 갔던 기억이 떠올랐다.

그녀의 집은 화려한 풍경은 아니지만 마음을 편하게 하고 누각은 기품이 있었다.

그날 누각에서 마신 차가 뭐였더라?

차를 떠올리자 그녀의 환하게 웃는 모습이 눈앞에 그려졌다.

'어떻게 지내고 있을까?'

목탁은 그녀를 생각하면 언제나 마음이 맑아지고 기분이 좋아져 웃음이 나왔다.

배에서 내릴 때의 찜찜한 기분이 사라지고 상쾌한 기분이 들었다.

목탁은 환하게 웃는 얼굴로 개방의 오결제자 뒤를 따랐다.

'누굴까?'

창연대 입구에서 그 모습을 본 조비비는 빠르게 머릿속 정보를 검색했다.

개방의 오결제자들이 허리를 숙여 최대한 예의를 갖추어 맞이한다면 무명소졸은 아니다.

그런데 이상하게 외모에서 풍기는 분위기는 평범하다 못해 초라할 지경이다.

그럼에도 환하게 웃는 모습은 너무나 보기 좋았다.

보는 사람마저 기분이 좋아지게 하는 그런 웃음이었다.

조비비는 그 모습을 보고 자신도 모르게 살짝 미소 짓고 말았다.

'이런, 내가 왜 이래?'

무공을 익힌 자 특유의 위압감을 풍기거나 날카로움 같은 게 전혀 느껴지지 않는다.

검이나 도가 없는 차림새로 보아 일단 무림인은 아닌 듯했지만 그렇다고 학식이 높은 고매한 유학자 분위기도 아니다.

옷차림으로 보아 부유한 집안의 자제로도 보이지 않는다.

강호에 기인이사가 많다고 하지만 이런 분위기는 느껴본 적이 별로 없었다.

굳이 분류하자면 약간의 거들먹거림과 건들거리는 저 걸음은… 뭐랄까.

'그래, 저잣거리의 건달 같은 느낌이야.'

수많은 사람을 상대하는 조비의 눈은 역시 날카로웠다.

한눈에 목탁, 아니, 건달 이삼사의 정체를 파악해 냈다.

그런데 어쩐지 헷갈린다.

강호에서 일류와 이류 사이를 오가는 개방의 오결제자가 허리를 숙여 저 건달처럼 보이는 인물에게 정중하게 예를 취했다.

그리고 저자는 상대적으로 그들보다는 조금 거만한 자세로 인사를 받았다.

그렇다면 뭐지?

건달들을 부리는 자?

그래봤자 하오문의 말단이다.

개방의 오결제자가 하오문의 말단에게 허리를 숙일 이유가 없었다.

조비비가 생각을 정리하기도 전에 목탁이 개방 오결제자의 안내를 받으며 창연대 입구에 다다랐다.

"군사, 이쪽은 창연루의 주인이십니다. 대주, 이분은 해적 섬멸 작전에 혁혁한 공을 세우신 조자영 수군제독의 군사이시오."

"대주가 군사님을 모시게 되어 영광입니다."

"하하하! 오늘 운이 좋아 천하제일미녀 대주를 뵙게 되었으니 제가 더 영광이지요."

조비비는 잠시 머리가 혼란스러웠다.

제독의 군사라니, 뜻밖의 인물이다.

'군사라면 관의 인물인데… 어떤 목적으로 왔을까?'

조비비는 수인사를 하는 동안 목탁의 기색을 탐지했지만 잘 모르겠다.

사람은 누구나 풍기는 분위기라는 게 있다.

양의 탈을 쓴 늑대인 경우라도 기색 탐지의 고수들은 쉽게 정체를 파악한다.

그런데 이 군사라는 자는 흑과 백, 정과 사 어느 쪽도 아니다.

이런 경우는 두 가지로 해석할 수 있다.

먼저 상대가 자신보다 월등한 고수여서 기색을 갈무리하여 전혀 드러내지 않는 경우, 그리고 무색무취한 유형의 인물일 경우이다.

때에 따라 표변하는 박쥐들은 아무리 포장을 잘해도 조비비의 탐색에 잡힌다.

그런데 이 군사라는 자는 포장이 없다.

그렇다면 자신의 탐지 영역을 벗어난 고수라는 이야기다. 그것도 월등히.

아마도 그것이 정답일 것이라고 조비비는 결론을 내렸다.

'서른도 안 돼 보이는데 어떻게 그런 경지에 올랐을까?'

대명제국 천하에 수군제독은 단 하나다.

막강한 권력과 확실한 실력이 없이는 꿈도 꾸지 못하는 자리다.

군사는 그런 제독에게 조언하고 실질적인 전술, 전략을 세워 실행시켜야 한다.

이자는 고수가 확실했다.

'무공의 고수는 아닐지라도 심법, 진법에 통달한 자일 터.'

무림이 총출동한 자리에 유일한 관의 인물이 나타났다.

만에 하나 관에서 명검에 군침을 흘린다면 이야기는 끝난 것이다.

하찮은 지방 태수 정도라면 몰라도 군사는 제독이 가장 신임하는 두뇌이자 하늘에 출사표를 고할 때 황제의 명으로 임명되는 직책이다.

정리하면 저 군사는 황제와 직통으로 연결되는 인물이란 얘기였다.

능력이 검증되지 않은 자를 군사로 임명할 머저리는 없다.

'당대의 천재이거나 뭔가 혁혁한 공을 세운 인물임이 분명하다.'

그러나 나름 정통한 하오문의 정보 속에는 수군 군사에 대한 정보가 없다.

분명한 건 명문대가의 자제이거나 황족의 계열이 아니고서는 그런 지위에 오를 수 없다는 것이다.

조비비는 머릿속으로 저 옛날의 강태공과 장자방, 한신, 손자, 제갈공명, 주유, 육손, 방통, 사마의 등의 인물이 빠르게 스쳐 지나갔다.

군대를 움직이는 건 엄청난 비용과 물자가 소요되는 일이다. 그 모든 걸 아우르고 떡 주무르듯 할 수 있어야 작전 수행이 가능하다.

개방의 오결제자가 저자에게 허리를 숙이는 정도가 아니라 바닥을 기어도 이상할 게 없었다.

저자가 검을 원한다면 이 자리에 모인 무림인들은 검에 대한 욕심을 털어내고 깨끗이 잊는 게 상책이다.

누가 감히 천하의 주인인 황제에게 명검의 소유를 주장하고 맞설 수 있겠는가?

'후우~ 그래, 그렇게 해야겠어.'

조비비는 마음이 정해지자 속이 편안해졌다.

뒤늦게 나타난 한 사람, 목탁으로 인해 복잡한 생각이 정리되자 감사한 생각이 들었다.

힐긋 목탁을 다시 보니 뭔가 신비롭고 어쩐지 믿음이 간다.

아마도 처음 봤을 때 그 환한 미소가 긍정적인 요소로 작용한 것 같다.

'좋아, 일이 잘못되면 저분이 나서겠지.'

                    *   *   *

목탁은 나름 기루 전문가로 여자라면 제법 보는 눈이 있다고 자부하는 편이다.

그런데 창연루 대주는 그가 지금까지 상대한 여자들과는 급이 달랐다.

우아하고 고상하며 색정적인 느낌이 들지만 백치미도 느껴진다.

한마디로 뭐라고 말할 수 없는 팔색조의 매력에 목탁은 넋을 잃었다.

마음속의 연인 곽청은 순수와 단아함으로 목탁을 사로잡았다면 조비비는 그 반대의 매력으로 목탁의 심장을 뛰게 만들었다.

그러나 잠시 스쳐 지나가는 감정일 뿐이어서 조비비가 눈치챌 정도는 아니었다.

그도 그럴 것이 이 정도의 미모에 능력까지 있는 여인과 이삼사 자신이 어떻게 될 수 있으리라고는 생각조차 품지 않기 때문이다.

'진짜 죽여준다. 술 한잔 받으면 원이 없겠네.'

이 정도가 목탁이 품는 최대한의 흑심이었다.

개방의 오결제자들이 자신을 수군제독의 군사라고 오해해서 그렇게 소개했을 때 살짝 찔리기는 했으나 지금까지 자신의 입으로 제독의 군사라고 말한 적은 없었다.

아무리 멍청이라도 스스로 해적의 군사라고 소개할 수는 없는 일 아닌가?

사실 따지고 보면 정식 해적의 군사도 아니지만 이런 자리에서 조목조목 설명할 이유도 없었다.

목탁은 대주 조비비의 안내를 받으며 1층의 대연회장으로 들어섰다.

대주의 극진한 대접으로 볼 때 예사 인물이 아니라는 것쯤은 누구나 짐작할 수 있을 것이다.

목탁은 대연회장에서 가장 상석이라고 할 수 있는 무대 정면의 앞자리에 모셔졌다.

추대평은 이런 자리는 황송해서 어쩐지 좌불안석이다.

목탁의 자리는 구파일방, 오대세가의 대표와 동일한 탁자였지만, 원형 탁자에서 무대 정면이 보이는 가장 높은 서열의 자리라고 볼 수 있었다.

드러내 보이진 않지만 불만으로 부릅뜬 몇 개의 눈빛이 번득였다.

'저자가 도대체 누구길래?'

무대에 오른 조비비가 좌중을 둘러보고 인사를 올렸다.

"창연루가 문을 연 이후로 이렇게 영광스러운 날은 처음입니다. 이 자리에 친히 왕림하신 무림 명숙께 감사와 존경의 마음으로 인사를 올립니다. 일일이 한 분씩 소개드리는 것이 예의인 줄 아오나 섣부른 소개로 명성에 누가 될까 소개는 공연 뒤로 미루겠습니다. 원래는 술시에 '설산의 검객' 공연이 시작되는데 오늘은 이각쯤 지체되어 매우 송구합니다. 귀빈들께서 준비된 공연을 감상하신 다음 강호에 모습을 드러낸 전설 구야자의 명검 어장에 대해서 이야기하고자 합니다."

"어? 이렇게……."

의중을 찌르는 조비비의 말에 좌중이 술렁거리며 모두들 몸을 움찔했다. 조비비가 이렇게 초반에 패를 까 보이고 대차

게 나올 줄은 아무도 예상치 못했기 때문이다.

조비비는 심사숙고 끝에 이 상황을 정면 돌파하기로 마음먹었다.

무림인들은 설명하지 않아도 모두들 명검의 진위 여부 때문에 온 게 확실했다.

그렇다면 애써 숨기거나 오리발을 내밀 수 있는 일이 아니었다.

명검을 공론화시켜서 흐름을 지켜보고 흐름에 따라 판단하는 게 상책이었다.

"자, 그럼 설산의 검객을 즐겁게 감상하시고 공연이 끝나면 만찬을 나누면서 한 분씩 소개를 올리고 명검 이야기를 나누도록 하겠습니다."

조비비는 좌중의 반응을 살피면서 속으로 쾌재를 불렀다.

모두들 선수를 뺏긴 느낌으로 당혹스러워하는 기색이 역력했다.

특히 창연루에 찾아와 호통을 치며 검의 소유권을 주장하던 개방의 장로 소화천은 일그러진 얼굴이 붉으락푸르락하며 화를 삭이지 못했다.

소화천은 어제 오결제자 둘이 제독의 군사와 내일 창연루에서 만나기로 했다는 보고를 해왔을 때, 일이 좀 이상하게 돌아갈 수도 있다고 생각되어 급히 방에 연통을 띄우고 서둘렀다.

애초에 명검의 행방을 아는 자가 누구든 상관없는 일이었다.

개방의 소유를 미리부터 확실하게 주장하려고 도선에 나타나 도선장과 그 자리에 있던 추대평을 겁박했던 것이다.

항주 인근에서 개방에 정면으로 맞설 세력은 없다고 파악했기 때문이다.

그런데 엉뚱하게도 관의 인물이 우연히 겁박 현장을 목격하고 끼어들었다.

평범한 자라면 문제는 없겠으나 그자는 제독의 군사이고 무공 또한 고강하다고 했다.

관의 인물을 적으로 만들어서 좋을 게 없으므로 한편으로 끌어들여야 했다.

그런 생각으로 서둘러 창연루에 왔는데 입이 딱 벌어지고 말았다.

오대세가를 비롯한 구파와 녹림, 마교까지 왔으니 일이 잘되긴 애초에 글렀다.

제독의 군사와 말은커녕 아직 인사조차 나누지 못했다.

무림이 총출동한 현장 분위기상 먼저 나서서 인사를 틀 분위기도 아니었다.

평소에 관은 무림의 일에는 중대한 일이 아니면 상관치 않는다.

그런데 아무리 직책이 군사라고는 하나 백발이 성성한 무림 명숙이 즐비한데 조비비는 새파랗게 젊은 놈을 스스럼없이 상석에 앉혔다.

어쩌면 벌써 저 군사라는 자와 조비비 간에 뭔가 교감이 이루어진 게 분명했다.

그러니 이야기의 첫머리에 명검 이야기를 스스럼없이 올려놓는 게 아니겠는가?

소화천으로선 울화통이 터지는 낭패였다.

'이런 젠장, 저 여우같은 년이 재를 뿌려도 유분수지.'

명검 이야기가 공론화되면 자신의 주장이 먹혀들 리 없었다.

우격다짐 초식은 하오문에 붙어 있는 창연루에나 통하는 방법이다.

구파나 오대세가에게 그런 수작을 부렸다면 벌써 칼부림이 댓 번은 나고도 남았을 것이다.

게다가 지금 이 자리엔 삼십 년 전 대혈겁의 원흉인 마교와 녹림십팔채도 있다.

'허어, 낭팰세. 저년이 간계를 꾸밀 줄은 생각도 못 했네.'

자신의 소유권 주장을 들으면 욕부터 처먹을 게 뻔했다.

기껏해야 먼저 발걸음을 한 우선권 정도나 주장할 수 있을 테지만 그래봤자 씨도 안 먹힐 소리가 될 게 뻔하다.

'후후, 잘됐군. 이젠 절차만 밟으면 되겠네.'

모두들 갈피를 못 잡고 있을 때, 내심 표정 관리를 하느라 애쓰는 인물이 하나 있었다.

그는 바로 현 무림맹주인 남궁세가의 가주 남궁일경의 삼남 비도검선 남궁후였다.

명검 이야기가 공론화되면 무엇보다 명분이 우선시된다.

누구나 다 명검을 갖기를 원한다.

그러나 누가 명검을 소유하든 타당한 이유가 있어야 한다.

'아무렴, 명검은 천하 무림의 중심인 무림맹에 있어야 모양이 잡히지.'

명검은 단순한 재화가 아니다.

아무리 돈이 많아도 졸부가 명검을 소유할 수는 없었다.

격이 맞지 않았다.

자격이 없는 자가 소유하면 스스로 화를 부르는 것이나 마찬가지다.

그런 이유로 개방의 소화천이 하오문 계보인 창연루를 윽박지르고 내놓으라고 한 것이다.

'하오문 따위가 감히……'

하오문 따위가 명검을 갖는 건 격이 안 맞는 건 물론이고 무림의 수치라고 보는 것이다.

무림인들의 입장에서 그건 너무나도 당연한 일이었다.

강호의 시대정신과 대의명분을 갖춘 세력이라야 명검을 소유할 자격이 있었다.

그런 면에서 무림맹보다 명분이 앞서는 곳은 없었다.

남궁후는 속으로 조비비의 현명함을 칭찬했다.

'후후, 모두들 헛물 들이켠 꼴이 되셨어. 창연루의 주인이 걸물이라더니 역시 허명이 아니었어. 한눈에 상황을 꿰뚫고 정답을 찾아냈네.'

설산의 검객 공연은 비장한 음악과 어우러져 정점을 향해 치닫고 있었다. 장중한 설산의 배경 앞에서 고독한 무사의 처절한 울부짖음이 울려 퍼졌다.

"고독한 검객의 불타는 영혼을 아는 이 없으면 또 어떠리."

무림 명숙들을 수발들기 위해 따라온 무사들 중에는 눈시울을 붉히며 울먹거리는 자도 있었다.

솜털이 아직 가시지 않은 두어 명의 무사는 손등으로 눈물을 훔치기도 하였다.

고난과 투쟁의 행로에 자신들이 가야 할 머나먼 길이 연상되었기 때문이다.

목탁도 공연에 빠져들어 봤다.

배우의 연기도 좋고 음악도 좋았다.

'왜 저런 개고생을 사서 하는 거야?'

그러나 무공을 연마하기 위해서 저런 뼈를 깎는 고통을 감수하는 건 끔찍했다.

목탁은 무림인들의 처절한 분투와 노력이 크게 공감되지는 않았다.

'아, 진짜 죽도록 맞았지.'

목탁도 사부와 무인도에서 맞고 피하던 일들이 떠올라서 순간적으로 울컥하기는 했다.

목숨 걸고 깎아지른 암벽을 오르내리던 일도 떠올라 잠시 등에서 식은땀이 나기도 했다.

밖은 이미 어둠이 내린 시각. 작은 배 한 척이 창연루 선착장에 당도했다.

배에서 내린 자는 창연루 소속의 사내인 듯 보초가 쉽게 길을 터주었다.

배에서 내린 사나이는 청연대로 빠르게 달렸다.

대기실에서 공연이 끝나길 기다리던 조비비는 방금 들어온 보고에 몸을 떨었다.

"확실한 것이냐?"

"예, 대주. 틀림없이 그 무명검객이었습니다."

조비비 앞에 무릎을 꿇고 보고하는 자는 조금 전 배에서 내린 사내였다.

달포 전 명검을 맡기고 돈을 요구하던 무명검객이 한 시진 전에 항주의 수많은 다리 중 가장 번화한 제일항주교 난간에서 목에 밧줄이 걸린 모습으로 발견되었다는 보고였다.

'누가 그를… 왜?'

조비비는 머리가 멍해지면서 아무 생각도 떠오르지 않았다.

잠시 후면 공연이 끝나고 만찬을 나누면서 명검에 대한 이야기를 논하기로 했는데…….

*　　　　*　　　　*

같은 시각, 창연루 소속인 삼십여 척의 도선은 언제나처럼 호수 위에 유유히 떠 있었다.

떠다니는 도박장인 도선은 언제나 발 디딜 틈 없이 만원을 이뤘다.

도선은 3층 구조로 되어 있는데 갑판 하부는 마작판이었고 아래는 좌우에 노꾼들이, 중앙은 부식 창고로 되어 있었다.

갑판 위에서는 마작을 간편화한 골패판을 운영한다.

도선주는 도선의 운영을 책임지고 지배인 격인 문주는 치

안을 맡는 구조로 되어 있다.

3호선 문주 방막수는 매의 눈으로 도선 구석구석을 살폈다.

사고 예방 및 사후 신속 처리를 신조로 삼고 있는 그는 한시도 주의를 게을리 하는 법이 없었다.

갑판 하부 마작판에 들어섰을 때, 3호선 문주 방막수는 뭔가 이상함을 느꼈다.

도선주가 있어야 할 자리가 비어 있다.

"이봐, 도선주는 어디 있나?"

"어? 좀 전에 계셨는데? 소피보러 가신 듯……."

방막수는 고개를 갸웃했다.

도선주는 잠시 자리를 비워도 반드시 부선주에게 출행 처를 알리게 되어 있었다.

그런데 타성에 젖은 부선주는 가벼이 생각하는 듯하다.

3호선 문주 방막수는 도선 경비대에게 선상 수색 및 도선 주위 탐색을 지시했다.

그는 사고 예방 및 사후 신속 처리를 신조로 삼는 자신의 본분에 충실했다.

삼십여 척의 도선에서 벌어들이는 돈은 어마어마했다.

도선의 수입은 돈 이외에도 도박꾼들이 들고 오는 각종 귀중품이 있었는데 반드시 전문가의 감정을 받게 되어 있었다.

도선마다 한 명씩의 귀물 감정가가 상근하고 있고, 그중 최고의 감정가는 귀중품 창고를 총 관리하는 차쌍봉이었다.

그는 달포 전 무명검객이 들고 온 검이 전설의 명검 어장이라고 정확하게 감정했다.

그의 감정 솜씨는 정평이 나 있었고, 지금까지 귀물 감정에 단 한 건의 실수도 없었다.

그는 고대의 명품부터 희귀한 외래의 물건까지 정확하게 진위를 가려내서 귀신의 눈은 속여도 그의 눈은 속일 수 없다고들 했다.

차쌍봉은 특별한 일이 없는 한 귀중품 보관 창고에서 시간을 보냈다.

그는 고대의 명품과 진귀한 고서들 속에 파묻혀 지내는 걸 좋아했다.

때로는 부호들의 의뢰를 받고 출장 감정을 하러 창연루 밖으로 나가는 일도 있었다.

또한 드물지만 가끔씩 직접 찾아오는 고객들을 상대하기도 했다.

오늘이 바로 그런 날이었다.

해질녘 초로의 사나이가 낡은 죽간으로 된 두루마리 고서 몇 권을 들고 찾아왔다.

첫눈에 예사롭지 않은 물건임을 알아본 차쌍봉은 그를 귀빈실로 모셨다.

*   *   *

와아아!

짝짝짝!

'설산의 검객' 공연이 우레와 같은 박수 속에 막을 내렸다.

조비비는 막이 내려도 무대로 나가지 못하고 한참을 서성거렸다.

무명검객의 죽음을 어찌 알려야 할지 도무지 생각이 정리되지 않았다.

'숨기면 일이 더 커진다.'

명검 이야기를 공론화시켰으니 무명검객의 죽음도 공표하는 게 좋다고 판단했다.

조비비가 마음을 굳히고 무대로 나가려는데 3호선 문주가 허둥대며 대주를 찾았다.

처음 무명검객이 나타나 명검을 내놓았던 곳이 바로 3호 도선이다.

"대주님, 3호 도선의 도선주가 호수에서 익사체로 발견되었습니다."

"뭐, 뭐라구?"

안색이 창백해진 조비비는 현기증이 일어 잠시 비틀거렸다.

3호선의 도선주는 무명검객이 도박을 하던 도박장의 운영을 책임진 자이다.

무명검객의 죽음을 접한 지 채 일각도 지나지 않아서 일어난 비보였다.

"시, 시신은 어찌 되었지?"

"경비병들이 건져 올려 선착장 옆 물류 창고에 두고 지키게 했습니다."

조비비는 생각 같아선 당장 달려가고 싶었지만 그럴 상황이 아니었다.

그녀는 냉정함을 유지하려 애쓰며 사태 파악에 집중했다.

"사인은 무엇이오?"

"시신의 두개골이 함몰된 것으로 보아 누군가 뒤에서 금속성 물체로 머리를 강타한 것으로 생각됩니다."

"일절 함구하고 경비대를 출동시켜서 주위를 수색하고 목격자를 은밀히 탐문토록 해요."

조비비가 지시를 내리고 돌아서기도 전에 수석집사 차쌍미가 떨리는 목소리로 말을 더듬거리며 다가왔다.

"대, 대주님, 흐흐흑……."

"무, 무슨 일이냐?"

차쌍미는 흐느끼기만 할 뿐 말을 잇지 못했다.

사색이 된 그녀의 얼굴로 봐서 뭔가 불길한 일이 벌어진 게 틀림없었다.

"오, 오라버니가… 크으윽!"

그녀의 오라버니는 귀물 감정가이자 총관리자 차쌍봉이다.

그는 도선에서 거래되는 수준급 귀중품과 진품, 명품을 가리는 최고의 감정가이다.

지금까지 그가 조비비에게 투자를 권한 물건은 반드시 많은 수익을 챙겨주었다.

차쌍봉은 수년간 한솥밥을 먹은 식구다.

지금 울고 있는 수석집사 차쌍미 역시 그가 추천하여 수하로 거둔 것이다.

앞선 두 건의 보고로 미루어 조비비는 또 살인이 일어났음을 직감했다.

"오, 오라버니가 어찌 되었느냐?"

"도, 독살되어 시신이 그 창고 안에……."

있을 수 없는 일이 일어났다.

앞의 두 건은 창연루 외부에서 일어난 일이다.

그러나 창고라면 이야기가 다르다.

일단 귀중품 보관 창고에 접근할 수 있는 사람은 극소수로 제한되어 있다.

뿐만 아니라 창고는 지하 밀실에 있으며 비밀 통로를 통해서 들어가게 되어 있는데, 귀중품 창고의 안전을 위한 기관이 설치되어 있다.

기관의 작동을 풀지 않고 들어가면 암기가 발동되어 누구라도 죽게 된다.

따라서 이는 기관 작동에 대해서 잘 아는 내부인의 소행으로 볼 수밖에 없었다.

창연루에서 기관 작동을 아는 인물은 자신과 수석집사인 차쌍미, 감정사 차쌍봉 본인 외에는 없다. 차쌍봉의 죽음도 차쌍미가 창고에 들어갔다가 시체를 발견하지 않았다면 몰랐을 것이다.

죽은 차쌍봉이 스스로 독살당하고 창고에 들어갈 수는 없고 차쌍미도 오빠와 각별한 남매로 오빠를 죽일 이유가 없다.

자신 또한 자신이 아끼는 감정사이자 총관리자인 그를 죽일 이유가 없다.

주변 인물에 대한 의심과 연속 살인에 대한 의문으로 조비비는 경황이 없었다.

그러나 의심의 범위를 생각보다 넓게 잡을 수도 있다는 데 생각이 미쳤다.

먼저 귀중품 창고의 설계자가 있고, 설계에 따라 공사를 진행한 작업 관리자와 공사 인부들도 비밀 통로에 대해서 알고 있는 인물들이다.

그러나 지금은 그들이 어디 있는지 소재와 의도까지 파악하고 움직일 겨를이 없다.

어쨌거나 지금이 창연루 창업 이후 최대 위기의 순간이라는 생각이 들었다.

조비비는 머리가 어질어질하고 정신이 아득해져서 제대로 서 있기도 힘들었다.

'내가 정신 못 차리면 창연루는 여기서 끝이야.'

여기까지 오는 데 얼마나 많은 피눈물을 쏟으며 왔던가?

창연루의 성공을 위해 얼마나 노심초사하며 정과 사, 관과 무림 사이에서 수없이 줄타기하며 경쟁자들을 물리치고 항주 최고의 기루라는 명성을 얻었던가?

왜 이런 일이 일어났는지 따지는 건 지금 중요하지 않다.

일은 이미 일어났다.

지금은 어떻게 이 일을 처리하는가가 더 중요했다.

사고로 사람이 다쳤을 경우 왜 다쳤는지 따지는 건 나중 일이다. 일단 치료해서 목숨을 살려야 한다.

조비비 머릿속엔 한 가지 생각뿐이었다.

'창연루를 살려야 해!'

조비비는 억장이 무너지는 심사를 추스르며 무대로 나갔다.

연회장에 자리한 오대세가와 구파일방, 녹림과 마교까지 합해서 모두 삼백여 명이 넘는 사람들의 시선이 그녀에게 집중되었다.

"오늘은 강호의 명숙들을 모신 기쁘고 영광스러운 날입니다. 그런데 제가 연이어 비보를 접하다 보니 지금 경황이 없습니다. 첫 번째 비보는 명검 어장을 갖고 이곳에 왔던 무명검객이 제일항주교에 밧줄을 목에 건 채 시신으로 발견되었다는 것입니다."

조비비가 무명검객의 죽음을 알리자 뜻밖의 소식에 장내가 크게 술렁거렸다.

"자살이오, 타살이오?"

"명검은 어찌 되었소?"

"자살인지 타살인지, 명검은 어찌 됐는지 저로선 전혀 모릅니다. 아는 건 무명검객이 죽었다는 것이고, 그가 누구인지, 어디서 왔는지 저는 전혀 아는 바 없습니다."

조비비의 해명에 장내가 들끓기 시작했다.

"대주가 검을 숨겨두고 입막음을 위해 그자를 죽인 것 아니오?"

"대주는 명검의 행방부터 말하시오!"

"그 명검은 하오문 따위가 넘볼 물건이 아니란 걸 아는가?"

제일 앞서서 다그치는 자들은 개방의 장로들과 그 제자들이었다.

하오문을 무시하는 건 그렇다 쳐도 다짜고짜 검의 행방부터 따지고 드는 건 검에 대한 탐욕을 숨김없이 드러내는 것이다.

조비비는 개방의 아우성에 맞대응하지 않고 다음 비보를 전했다.

"두 번째 비보는 무명검객을 맞이했던 도선의 도선주가 누군가에게 타살되어 호수에 빠진 것입니다. 범인이 누구인지, 그 사람을 왜 죽였는지 저는 아직 그 이유를 모릅니다."

"항간에 듣기로 개방의 제자들이 그자를 겁박했다고 들었는데, 그게 사실이오?"

녹림십팔채의 2채주 왕복태가 따져 물었다.

개방의 인물들이 발끈하는 건 당연한 일이다.

개방의 수석장로가 분을 못 참고 버럭 소리를 질렀다.

"어디서 그런 근거 없는 낭설을 듣고 와서 개방을 흠잡는 것이냐?"

"개방이 난리치고 다닌 건 세상이 다 아는 일인데 낭설이라 할 수 있겠소이까?"

수석장로의 말에 왕복태가 맞섰다.

분위기가 점차 험악해지자 무림맹주의 삼남 남궁후가 자리에서 일어났다.

"남궁세가에서 온 남궁후가 한 말씀 올리겠습니다. 대주의 이야기가 끝난 연후 손을 들어 발언권을 청해서 이야기를 진행시키는 것이 옳다고 생각합니다. 허락하신다면 제가 잠시 사회를 보겠습니다."

"그렇게 합시다!"

"찬성이외다!"

"무림맹주의 아들답게 질서를 잘 잡는구먼. 허허허!"

반대 발언이 없으므로 자연스럽게 남궁후가 사회를 진행하는 형국이 되었다.

"대주께서 조금 전에 두 번째 비보를 전하셨는데 더 하실 말씀이 있으십니까"

"예, 저는 조금 전에 세 번째 비보를 듣고 이 자리에 섰습니다. 조금 전 명검 어장을 감정한 차쌍봉 감정사를 누군가 독살하였습니다."

비보를 알리는 조비비의 어깨가 파르르 떨렸다.

그녀의 눈에서 참고 있던 눈물이 소리 없이 볼을 타고 흘러내렸다.

연이은 세 건의 살인 소식에 저마다 수지타산과 이해득실을 따지는 발언이 난무했다.

"뭐야? 검을 본 자들은 다 죽었다는 애기잖아?"

"그렇다면 명검의 실제 존재 여부도 미궁에 빠지는 건가?"

"일이 이쯤 되면 무림맹에서 공개 수사대를 조직해야겠는걸."

"내 생각엔 아무래도 누군가 명검을 챙겨두고 입막음을 한 걸로 보이는데?"

처음 비보가 알려진 순간부터 추대평은 와들와들 떨기 시작했다.

두 번째 비보를 듣고 나서는 떨림을 진정시키려 목탁의 허벅지를 손으로 움켜쥐었다.

목탁은 그런 추대평을 처음엔 이상하게 생각했다.

세 번째 비보를 들은 추대평은 땀을 비 오듯 흘리기 시작했다.

"대평아, 왜 그래? 뭔 일인지 말해봐."

목탁이 물어도 추대평의 입은 열리지 않았다.

따져 보면 명검을 원탁에서 제일 먼저 접한 건 추대평이었다. 그가 도선주를 불렀고, 도선주는 감정사를 불렀다.

명검을 접한 네 명 중에 세 명이 죽고 추대평만 살아서 숨 쉬고 있는 것이다.

추대평은 저승사자가 찾아오기라도 한 듯 떨면서 주위를 힐끔거렸다.

"삼사 형, 이 안 어딘가에 나를 노리는 놈이 있을 거야."

"내가 널 지킬 거니까 겁먹을 거 없어. 내 실력 봤잖아."

추대평은 목탁의 말에 목탁의 손을 꽉 움켜잡았다.

그의 손에는 땀이 흥건하게 배어 있었다.

목탁은 추대평의 불안과 공포를 충분히 이해했다.

목탁이 추대평의 귀에 대고 속삭였다.

"죽은 사람들과 검에 대해서 알고 있는 대로 말해."

추대평이 목탁의 허벅지에 손가락으로 한 자씩 글을 썼다.

—말 못 해. 말하면 형도 죽어.

第六章
악천마후 천마천

추대평은 진땀을 흘리며 명검을 처음 본 날을 떠올렸다.

그날 추대평은 3호 도선 하부 마작판에서 고객들을 응대하고 있었다.

고객 중에 돈을 다 털린 한 검객이 소란을 피웠다.

돈 대신 검을 맡길 터이니 검을 받고 돈을 달라는 것이었다.

가끔씩 경험하는 일이라 대수롭지 않게 생각하고 검을 받았다.

무명검객이 검을 맡기려고 내보인 시각이 유시였고, 감정사가 감정을 마친 게 술시였다.

검은 전설의 명검 어장으로 감정되었고, 대주에게 보고되었다.

명검을 접한 조비비는 느낌이 썩 좋지는 않았다.

천하의 명검이 어쩌다 도박판에 잡히는 신세가 되었는지……

가문이 몰락하고 후대에 인연을 못 만난 탓이리라.

황금 일천 냥을 준비하고 계약서를 작성하려면 시간이 필요하므로 무명검객은 다음 날 다시 오기로 했다.

무명검객이 떠날 때 그의 품엔 은전 삼십 냥이 들어 있었다.

검을 맡아두고 계약금 조로 몇 푼 쥐어준 것이다.

다음 날 정오 무렵, 도선 3호 도선주와 추대평은 대주의 부름을 받고 창연대 칠 층 누각에 올랐다.

추대평이 창연루에 온 지 벌써 일 년이 넘었지만 창연대, 그것도 대주가 있는 칠 층에 오르는 건 처음이었다.

거기엔 대주 조비비와 감정사 차쌍봉, 그리고 정체를 알 수 없는 흑의인이 한 명 있었다.

대주의 표정이 어딘가 긴장되어 보였고, 부채를 펼쳐 얼굴을 가린 흑의인의 인상은 알 수가 없었다.

"지금 이 자리에 있는 사람은 어제 명검 어장을 맡기고 간 걸 본 사람들이오. 귀한 물건이라 우리가 구입하려 했으나 그 검객이 검을 이분께 넘기기로 하였다오. 이분은 우리가 내준 은전 삼십 냥과 그 검객의 서찰을 갖고 왔으니 이걸로 명검 일은 마무리된 것이오. 앞으로 명검 이야기가 세상에 돌지 않도록 각별히 주의할 것이며 발설한 자는 그 책임을 물을 것이오."

"예, 대주님. 명심하겠습니다."

추대평은 뭔가 좀 이상하다고 생각되었지만 따져 물을 분위기는 아니었다.

창연루는 나간 은전 삼십 냥이 돌아왔으니 손해 본 것은 없었다.

그런데 복면인이 무명검객에게 검을 샀는지 은전 삼십 냥을 빼앗았는지는 알 길이 없는 일이다.

'안 샀으면 그만이지, 우리가 소문에 책임질 이유가 어디 있는가?'

추대평이 그런 생각을 할 즈음, 복면인이 느닷없이 오른손을 뻗어 장풍을 날렸다.

"누구냐?"

파앙!

"커억!"

출입문 밖에서 엿듣고 있던 기녀 한 명이 피를 토하고 그 자리에서 즉사했다.

"이 안에 쥐새끼들이 많은 모양이구나."

복면인이 차갑게 내뱉자 대주는 파르르 떨면서도 침착하게 대답했다.

"일하는 아이가 그저 호기심이 많았을 뿐입니다."

"명심해라. 세상에 명검 이야기가 떠돌면 발설한 자는 반드시 죽을 것이다."

추대평은 대주가 벌벌 기는 걸로 보아 흑의인이 바로 창연루의 실질적인 주인이자 비밀에 감춰진 하오문의 문주라고 생각했다.

*　　　　*　　　　*

그런데 어찌 된 일인지 명검의 소문은 꾸역꾸역 번져 나갔고, 급기야 자신도 개방의 제자들에게 쫓기다 죽을 뻔했다.

목탁 덕분에 간신히 위기에서 벗어났는데 오늘 연이어 세 사람이 죽었다.

추대평은 복면인의 모습이 눈에 아른거리고 귓가에 그의 음성이 들리는 듯했다.

'명검 이야기가 떠돌면 발설한 자는 반드시 죽을 것이다.'

추대평은 억울했다.

자신은 결코 명검 이야기를 발설한 적이 없다.

삼 년 만에 만난 삼사 형에게도 혹시나 해서 입을 꾹 다물었다.

그런데 아무래도 사신이 자신을 덮칠 것만 같았다.

추대평은 목탁의 허벅지에 한 자씩 글을 써 나갔다.

—형, 이 안에 살인자가 있는 것 같아.

목탁이 추대평의 귓가에 작은 소리로 속삭였다.

"누군데? 어느 쪽이야?"

—누군지는 몰라. 목소릴 들으면 알 수 있을 거야.

목탁은 계속 속삭였고, 추대평은 덜덜 떨면서 손가락으로 글을 썼다.

목탁은 곁눈질로 한 사람씩 인상을 살펴보았다.

그러나 무려 삼백 명이 넘는 인원이다.

일일이 말을 걸기 전에는 목소릴 다 확인할 방법도 없다.

조비비가 진정되자 남궁후가 위로하며 수사의 뜻을 밝혔다.

"연이은 비보를 접한 대주에게 위로의 뜻을 전합니다. 살인범은 무림맹의 이름을 걸고 반드시 잡을 것을 약속하겠소이다."

"무림맹의 이름으로 수사대를 구성할 것을 건의하겠소이다."

"찬성이외다. 속히 수사대를 꾸립시다!"

무림맹과 교분이 깊은 하북 팽가가 건의하고 하남 모용세가는 적극 찬성의 뜻을 나타냈다.

그러자 녹림 1채주 독혈마인 황천길이 딴지를 걸고 나섰다.

"무림맹의 이름으로 수사대가 꾸려지면 아무래도 편협한 수사가 될 우려가 있소이다!"

"지금 무림맹의 공정성을 의심한단 말이오? 그 말 취소하시오!"

남궁후가 매서운 눈빛으로 쏘아보며 발끈해도 황천길은 물러나지 않았다.

"만약에 살인자가 무림맹과 관계가 깊은 사람이라면 공정한 수사가 진행될 수 있겠소이까?"

"닥쳐라! 무림맹은 강호의 중심으로 한 치도 치우침 없는 공정한 수사를 할 것이다!"

"말로만 공정을 외치는 것보다 우리 쪽 인물이 수사에 참여하면 공정함이 증명될 것이오!"

"어? 아, 그, 그것은……."

남궁후는 황천길의 말에 딱히 반대할 명분이 떠오르지 않자 말을 더듬었다.

말대로 하면 공정한 수사이지만, 지금까지 무림맹 수사에 녹림이 끼어든 전례가 없다.

정사가 같이 수사대를 꾸민다는 발상은 무림맹 관계자들로서는 어색한 일이었다.

황천길은 끝까지 무림맹을 집요하게 물고 늘어졌다.

"혹시 무림맹은 끼리끼리 작당하여 수사하는 척하다가 행여 자신들의 치부가 드러나면 덮어버리려는 것 아니오?"

"말을 삼가라! 무림맹은 정의로운 길이 아니면 걷지 않는다!"

"그렇게 양심에 거리낄 게 없다면 공동 수사를 배척할 이유가 없다고 생각하외다!"

황천길은 지금 교묘한 말로 무림맹을 옭아맨 것이다.

먼저 공동 수사를 제안함으로써 녹림을 무림맹과 같은 반열에 올려놓은 것이다.

만일 반대하면 무리맹이 정의와 양심에 위배되는 걸 묵과하는 꼴이 되게 생겼다. 정도 무림인들은 모두들 뭔가 마땅치 않은데 딱히 반박을 못 하는 형국이다.

이 모든 것은 무림맹주의 삼남 남궁후가 아직 어리기 때문에 벌어진 일이었다.

노회한 원로라면 공동 수사에 대한 건이 나오면 일단 적극적으로 받아들인다. 그다음 비밀 보장과 다수결 원칙을 내세워 의결 후 무산시켜 버리면 그만이다.

"크하하하하핫!!"

느닷없이 울려 퍼지는 엄청난 공력의 웃음소리에 모두들 움찔하였다.

울컥!

내공이 약한 추대평은 한 모금 피를 토해냈다.

목소리의 주인공은 십팔 년 전 절검(切劍)하고 강호에서 물러난 악천마후 천마천이였다.

"나는 누가 죽었든 죽음에 관해서는 관심 없다. 죽인 놈을 찾는다고 죽은 놈이 살아날 것도 아니고 죽을 놈만 더 생길 뿐이지."

사람 목숨을 짐승만도 못하게 여기는 악천마후다운 말이었다.

"내 관심은 오직 명검 어장뿐이다! 대주, 명검은 어디 있는가?"

악천마후 천마천은 단도직입적으로 자신의 입장을 밝히고 명검을 찾았다.

어쩌면 모두들 악천마후와 같은 생각이지만 대담하게 나서지 않는 것뿐일 수도 있었다.

조비비는 명검의 출현과 사라진 것에 대해서 숨김없이 고했다.

추대평이 아는 한 대주의 설명은 자신이 아는 것과 동일했다.

단, 복면인 이야기는 빠지고 무명검객이 도로 검을 찾아간 것으로 설명되었다.

"크하하하핫!!"

장내를 진동하는 그의 웃음은 그의 심오한 내공을 미루어 짐작케 했다.

악천마후의 마공성에 추대평은 숨도 제대로 쉬지 못하고 헐떡거렸다.

"대평아, 왜 그래?"

"수, 숨이 막힐 것 같은데 형은 괜찮아?"

"응, 난 괜찮은데……."

1층 대연회장에 있는 강호인 중에 악천마후의 마공성을 동요 없이 견딜 수 있는 인물은 불과 이 할을 넘지 못했다.

악천마후 천마천은 내심 그 점을 노리고 마공이 실린 광폭한 웃음을 터뜨린 것이다.

"나는 십팔 년 전에 절검하고 세상과 연을 끊었다. 십팔년 만에 나를 부르는 검이 있어서 만나고자 세상에 나왔는데 그런 거짓말로 날 우롱하려 하느냐?"

말을 하는 동안 위압적인 마기에 휩싸인 악천마후의 겉옷이 팽팽하게 부풀어 오르고, 노기 탱천한 머리카락은 모두 하늘로 치솟았다.

눈에서는 푸른 불빛이 번득여 마치 번개가 치는 모습이 연상되었다.

만일 지옥을 순례한 자가 있다면 바로 저승 야차의 모습이 저러하다고 할 만한 무서운 모습이었다.

분노에 찬 악천마후의 모습을 본 사람들은 대경실색하여 자신도 모르게 부르르 몸서릴 쳤다.

천마천은 창연대를 한 방에 날려 버릴 수도 있는 엄청난 절대마공의 고수였다.

조비비는 무대 위에서 한쪽 무릎을 꿇었다.

"본 대주는 사실만을 고했는데 우롱이라 하시니 어찌할 바를 모르겠습니다."

"크하하하핫!! 뻔뻔스럽기 그지없구나! 달포 전에 내게 소식을 알려주던 참새가 죽었다."

"……!!"

조비비는 달포 전 은밀히 찾아온 문주와 명검에 대한 이야기를 나눌 때 엿듣던 기녀 한 명이 죽은 걸 떠올렸다.

짐작컨대 창연루에는 그녀 외에도 마교의 참새가 더 있다는 이야기다.

순간 조비비는 빠져나갈 길이 없다고 판단했다.

조비비는 천천히 일어나 좌중을 둘러보고 당찬 목소리로 되물었다.

"이 중에 천하 명검 어장을 원치 않는 분이 계십니까?"

누구라서 명검을 품고 싶지 않겠는가?

오대세가, 구대문파, 개방, 녹림, 마교 모두 다 명검을 갖고 싶어했다.

그건 일일이 물어볼 필요도 없이 두말하면 잔소리였다.

"천하에 전설의 명검이 열 개가 있다고 하나 모습을 드러낸 건 하나입니다. 누가 이 명검을 가져야 할까요?"

그렇다. 명검을 갖으려면 무엇보다 명분이 있어야 한다.

남궁후는 회심의 미소를 지으며 자신이 할 말을 속으로 다듬었다.

'명검으로 인해서 불필요한 대결과 암투가 벌어지는 불행을 미연에 방지코자 명검의 갈 길을 무림맹으로 미리 정해 놓는 것이······.'

사회를 보는 남궁후가 발언하기도 전에 조비비가 명검의 의미를 발설했다.

"어장과 함께 전해져 오는 말은 잘 아실 겁니다. 어장을 품는 자, 천하를 품으리라!"

바로 그것이었다.

어장은 곧 천하 제패의 상징이었다.

어장을 품으면 웅심을 품고 결국 천하를 품을 수도 있으리라는 기대에 명검의 행방을 찾아 나선 것이다.

아무도 아니라고 말 못 하리라. 과거 천하를 통일한 황제들은 하나같이 명검을 손에 넣으려 했다.

그런데 이어지는 조비비의 말에 남궁후의 얼굴이 일그러졌다.

"저는 명검은 천하의 주인이신 황제폐하께 가야 마땅하다고 생각합니다. 달리 생각하시는 분 있습니까?"

다른 생각이 있다고 말하면 그건 곧 반역이다.

다른 생각이 있어도 감히 이 자리에서 입을 열 수는 없다.

"크하하하핫!! 세 치 혀로 교묘하게 수작부리지 마라! 어장을 얻는 자가 얻는 천하는 무(武)의 천하다! 무(武)의 천하는 호연지기와 충만한 상무정신을 일컫는 것이다! 황제의 천하와는 하등의 관계가 없는 것이다!"

천마천의 말이 저마다의 욕망에 불을 질렀다.

"아무렴. 자고로 명장의 애병기는 충절의 상징이었지."

"맞아, 관우의 청룡언월도가 그 좋은 예로군."

"장비의 장팔모사도 있잖은가?"

악천마후 천마천이 그런 논쟁에 찬물을 끼얹었다.

"크하하하핫!! 족제비 같은 인간들아, 여포의 방천화극도 충절의 상징이라고 떠들 테냐? 난 어장을 원한다! 누구든 어장을 갖기 원한다면 나와 목숨을 걸고 싸워야 할 것이다!"

천마천은 적어도 거짓 없이 자기 자신의 욕망에 충실했다.

욕망이 이끄는 대로 말하고 욕망에 따라 행동했다.

그가 그렇게 당당한 건 그가 그만큼 강하다는 뜻이기도 했다.

목탁의 눈에는 악천마후 천마천이 꽤 멋진 남자로 비쳤다.

'시원시원해서 좋네. 호박씨도 안 까고.'

노골적인 악천마후 천마천의 발언에 제동을 걸고 나선 건 아미파의 노비구니 니파진니였다.

"시주의 욕망에 따른 행동을 탓할 생각은 없으나 탐욕은 파멸에 이르는 길이 될 수도 있음을 경고하고자 합니다. 아미타불!"

"크하하하! 아미파가 감히 내 앞길을 막을 수 있을 거라 생각하시오?"

노비구니의 준엄한 경고를 천마천은 두려워하기보다 우습게 여겼다.

아미파는 그 역사나 무공의 고강함으로 볼 때 누구라도 가벼이 여길 수 없는 강호의 전통 명문이다.

무림사 이래 아미파에게 불필요한 시비를 거는 문파는 없었으며, 아미파가 나서는 일에는 대부분 협조적인 게 강호의 정서였다.

아미산은 중국의 사대 명산 중 하나로 보현보살(普賢菩薩)이 도량을 세운 곳이다.

사천 중부에 위치해 있으며, 북쪽으로는 공래산과 닿아 있고 청성산(青城山)이 멀리 보인다.

남쪽에는 소상(小相), 대량(大凉)의 양산이 있고, 동쪽으로 는 민강(岷江)이, 서쪽에는 대도하(大度河)가 흐른다. 높은 봉 우리들이 험준하게 백 리에 걸쳐 깔려 있다.

아미산에는 예로부터 호랑이가 많아 주변 백성들이 고생이 많았다.

사성법사(士性法師)가 호랑이를 퇴치하고 복호사(伏虎寺)를 세운 것이 아미파의 근간이다. 그래서 아미파의 무공에는 복 호(伏虎), 즉 '호랑이를 굴복시킨다'라는 이름이 많다.

아미파 무공에 자주 등장하는 금정(金頂)은 바로 아미산 최 고봉인 금정봉(金頂峰)에서 유래한 것이다.

아미산의 화상들은 예로부터 서로 빨리 무공을 성취하기 위해 서로 다투는 상무적(尙武的) 기풍이 강하기로 유명하기 도 했다.

아미도인권가(峨嵋道人拳家)라는 시에는 아미권법의 신묘한 점이 잘 묘사되어 있다.

―한 도인이 나타나 심산의 흰 원숭이의 신기를 펼쳐 보였다. 말하기를 묘당의 가을 기운처럼 높고 늙은 느티나무처럼 고요 하다고 했다.

홀연 한 발을 들어 걷어차니 암석이 부서져 모래가 되어 흩 날렸다.

아미파의 유명한 신법과 보법, 타법, 호흡법을 묘사했는데, 이 시는 소위 백원권법(白猿拳法)을 묘사한 것이다.

아미파를 유명하게 하는 또 하나의 무공은 소위 아미창법이다.

아미창법을 연마하여 전쟁에서 공을 세운 장수들이 많아지자 한때 천하 각지의 병사들이 아미창법 연마에 매달려 항간에는 아미창법을 군사 훈련용으로 정립된 창술로 오인하는 경우도 많았다.

아미창법은 치심, 치신, 의정, 공수, 심세, 형세, 형근, 도수, 찰법, 파제기, 신수법, 총요 등 13편으로 창법의 심오한 부분을 모두 다루고 있다.

기실 이름을 날리고 있는 오대세가의 창법도 대부분 아미창법을 응용하거나 계승한 것들이어서 천하 창법의 근간은 아미창법이라고 보아도 무방했다.

아미파의 무공이 완성되던 시기엔 주로 권법 쪽이 주였지만, 아미창법 또한 독보적인 위치를 차지하고 있어서 소림이 곤(棍), 무당이 검(劍)으로 유명한 것처럼 근래엔 아미가 창(槍)으로 대표될 정도였다.

아미파의 장문영부는 서천보살자로 만들어진 백팔염주(百八念珠)다.

이 자리에 장문인은 오지 않았으나 니파진니의 서열은 개방의 팔결장로보다 오히려 높다고 봐야 할 만큼 아미파 내에서의 위상은 엄청난 인물이었다.

"문파든 맹이든 개인이든 나를 막고자 한다면 누구든 죽음을 각오해야 할 것이오!"

악천마후는 누구든 죽일 수 있다는 눈빛으로 좌중을 쏘아보았다.

그 사나운 기세에 니파진니가 차분한 목소리로 이치를 따지고 들었다.

"아하하하하! 본래 아미파는 세속을 따르는 자들과 다투고 시비하지 않는다는 것을 모르시오?"

그것은 사실이었다.

아미파는 개인 수련의 완성과 집단 규율의 절대성을 강하게 지키지만 강호의 세력과 세를 다투거나 이권에 개입되어 움직이는 경우는 거의 없었다.

그렇기에 아마파의 발언은 그 자체로 공정성을 가지며 이의를 제기하기 어려운 경우가 대부분이다.

"자고로 일은 사람이 꾸미고 재주 있는 자들은 운용을 하려 하지만 일의 성패는 하늘의 뜻에 달린 것 아니겠습니까? 명검에 대한 섣부른 욕심은 화를 부를 겁니다."

니파진니의 차분하고 상식적인 말에 천마천은 격정적적인

말을 던져 지켜보는 이들의 가슴을 격동시켰다.

"말 잘했소! 내가 제일 먼저 하늘에 내 뜻을 고했으니, 그것은 곧 하늘의 뜻이라 할 수 있을 것이외다!"

"천마천 그대가 안하무인이라는 말은 익히 들었으나 직접 들으니 과연 소문에 한 치의 어긋남도 없는 이야기인 줄 알겠구려!"

개방의 팔결장로 소화천이 앞으로 나섰다.

명검 어장을 제일 먼저 탐한 그로서는 천마천의 노골적인 행위가 반가울리 없었다.

그러나 상대가 상대인지라 말끝이 대체로 부드러웠다.

"소문을 제대로 들었다면 내가 구대문파든 오대세가든 겁내지 않는다는 것도 잘 알 터! 십팔 년 만에 세상에 나온 내가 두려운 건 단 하나! 어장을 내가 소유하지 못하는 것이다!"

악천마후는 이제 전 무림인을 상대로 아예 하대를 하며 적의를 드러낸 채 눈에서 푸른 섬광을 사납게 폭주시켰다.

기가 약한 초급 무사들은 자신도 모르게 손발이 떨리고 간이 오그라들었다.

"이 시각 이후로 나를 반대하는 자는 무조건 적으로 간주하고 섬멸하겠다!"

"……!"

'저, 저런 싸가지……'

'내 저놈을 당장!'

악천마후의 도가 지나친 발언에 모두 경악을 금치 못했다.

모두들 속이 부글부글 끓었지만 선뜻 나서서 맞서는 이는 없었다.

나서는 순간 적으로 간주되고 첫 섬멸 대상으로 찍히는 상황이 될 것이다.

창연대주는 명검과 관련되어 세 사람이나 죽었다는 보고를 했다.

그런데 악천마후가 죽은 사람은 관심 밖으로 밀어내 버렸고, 명검 소유에 대한 건을 본론으로 올려놓았다.

소유권을 황궁으로 하려는 조비비의 전략도 악천마후의 반대로 난관에 부딪쳤다.

'이제 어쩌지…….'

목탁은 지금의 상황이 잘 이해가 되지 않았다.

목탁의 눈에는 오대세가와 구파일방, 무림맹이 어쩐지 악천마후 천마천 하나에게 절절매는 모습으로 보였다.

'악천마후 저 인간, 솔직해서 좋다고 생각했는데 너무 제멋대로네.'

목탁은 무림에 대해선 잘 모르지만 무림맹이 전체 무림인의 중심인 것 같은데 맹이 중심 역할을 못 하는 걸로 보였다.

조비비가 뭔가 수작을 펼치려다 낭패한 표정을 지었을 때 목탁은 감을 잡았다.

'뭐지? 저 여자가 나한테 뭔가 신호를 보낸 것 같은데?'

강호에 위명이 쟁쟁한 인물들이 모여 있는 가운데 자신만 무림인이 아니다.

그런데 자리 배치는 상석이고 개방제자들이 그 품위 유지에 한몫 거들었다.

목탁은 일단 굴릴 수 있는 잔머리를 최대한 굴리고 상황을 정리했다.

'무림인들이라는 게 이제 보니 별거 없네.'

뭔가 약세를 봤으면 패가 없어도 있는 척, 강한 패를 쥔 것처럼 행동을 취해야 한다.

사실 목탁은 그 부분에 대해선 타고난 소질이 이미 충분히 개발되어 있었다.

그동안 목탁이 세 치 혀를 놀리는 구설신공을 발휘하다 보면 스스로 날개가 달려 저절로 상승무공이 되곤 했다.

목탁은 무릎 위에서 떨고 있는 추대평의 손을 옆으로 밀어냈다.

추대평은 허둥대며 목탁의 손을 잡으려 애썼다.

"내가 지킬 테니까 걱정 마."

주위를 둘러본 목탁이 천천히 자리에서 일어났다.

"저는 무림인이 아니라 명검의 소유에는 큰 관심이 없습니다. 그러나 명검의 행방은 정말 궁금합니다. 명검은 지금 어디 있을까요?"

그랬다. 모두들 가장 궁금하지만 아무도 던지지 않은 질문이다.

모두의 시선이 목탁에게 집중되었다.

"죽은 사람들이 명검을 감췄을까요, 아니면 죽인 사람이 명검을 가져갔을까요? 나는 명검이 나타난 그 시점으로 시간을 거슬러 올라가 명검의 행방부터 추리해 볼 것을 제안합니다."

"하북 팽가는 방금 대협의 말씀에 동의합니다. 대협의 신분을 알고 싶은데 밝혀주시겠소이까?"

몇몇은 주요한 자리에 앉아 있는 목탁의 정체가 아까부터 궁금하던 차였다.

"강호의 고명하신 명숙들 앞에서 제 소개를 올리게 되어 영광입니다."

목탁은 천천히 좌중을 둘러보며 포권의 예를 갖추고 자신을 소개했다.

"저는 사실 이 자리에 있을 만한 자격이 없는 무림 말학으로 본명은 이삼사라 하옵고 사부님께서 지어주신 이름은 목탁이라 하옵니다. 수군 기지에 잠시 군사의 신분으로 머무르고 있습니다."

"목탁이라면 불가와 관계가 있는……?"

"아, 아닙니다. 사부께서 세상에 지은 죄가 많다고 대신 참회를 부탁하시면서……."

목탁의 소개에 사람들이 고개를 갸웃거렸다.

먼저 목탁이란 이름은 당연히 들어본 적이 없다.

또한 목탁이 별호인지 이름인지조차도 애매했다.

그러나 스스로 무림 말학이라 했고 사부 운운했으니 무공을 안다는 이야기인데 외형적으로는 문사로 보이는 차림이다.

당연히 그의 사부가 누구인지 누구라도 궁금한 상황이었다.

게다가 수군 기지에 머물고 있는 군사라면 관부의 인물이란 얘긴데, 어쩐지 무림인들이 모여 있는 지금 이 자리에 어울리는 인물은 아니라는 느낌이 들었다.

바로 그때, 목탁의 귀가 쫑긋 세워졌다.

공기를 가르는 날카로운 파공음을 감지한 까닭이다.

슈슈슉!

목탁은 곧바로 품속의 삼초절검을 꺼내 들어 추대평의 앞을 가로막고 현란한 동작으로 뭔가를 쳐냈다.

챙채채채챙!

누군가 날린 십여 개의 암기가 사방으로 흩어졌다.

뜻밖의 암습에 좌중의 시선이 암기가 날아온 방향을 훑었다.

혼비백산한 추대평은 제자리에서 덜덜 떨기만 했다.

목탁은 암기가 날아온 방향을 향해 외쳤다.

"누구냐? 모습을 밝혀라!"

2층 난간에서 암기를 던진 것으로 추정되는 자가 빠르게 신형을 건물 밖으로 날렸다.

파앗!

"저놈을 잡아라!"

"게 섯거라!"

창연대의 경비무사 몇 명이 그 뒤를 쫓아 밖으로 내달렸다.

그들 외에도 오대세가의 젊은 무사 몇이 그들을 따라 몸을 날렸다.

장중의 사람 중에 가장 크게 놀란 사람은 니파진니를 비롯한 아미파의 고수들이었다.

그도 그럴 것이, 지금 목탁이 암기를 쳐낸 검법은 아미파 비전 검법인 난피풍검법(亂披風劍法)으로 빠르고 표홀한 것이 그 특징이다.

짧은 순간 목탁이 구사한 난피풍검법은 소청검법, 옥허삼십육검, 포옥검, 무상검식, 멸절검법과 함께 아미파 최고 절정의 검법이다.

니파진니는 이게 대체 무슨 일인지 감이 잡히지 않았다.

지금 눈앞에서 있을 수 없는 일이 일어났다.

자신이 아는 한 아미파에서 목탁이란 자에 대한 소문조차

들은 일이 없다.

그러나 상승 무예를 아는 자라면 그가 시전한 검술이 아미파의 검법임을 알 것이다.

'저 젊은 친구가 어떻게 아미파 최절정의 상승 무예를……'

니파진니가 답답한 머릿속을 헤집을 때 형산칠검 류견적이 다시 물었다.

"대협의 사부님 존함을 알려주시오."

니파진니가 볼 때 형산칠검 류견적은 목탁이 시전한 검법에 대해서 알아 볼 정도의 고수가 아닌 게 분명했다.

목탁은 잠시 뜸을 들이고 눈을 내리깐 채 고심하는 모습을 연출했다.

"음~ 사부님께서 불가피한 경우가 아니라면 세상에 사부님의 존재를 밝히지 말라고 신신당부하신지라……"

형산파 불세출의 기대주로 각광받고 있는 형산칠검 류견적이 날카로운 눈매로 목탁을 훑어보며 출신을 추궁하듯 물었다.

"사문을 밝힐 수 없는 그 이유를 이 자리에선 밝혀야 할 것 같소이다만?"

"하하하! 저는 대협께 사문을 꼭 밝혀야만 하는 이유를 묻고 싶습니다."

목탁이 되묻자 그의 표정에 일순 당혹감이 어렸다.

"대협의 사부께서 대역 죄인이 아니라면 못 밝힐 이유가 없을 것이오!"

형산칠검 류견적이 불쾌한 표정으로 빠르게 말을 토했다.

그러나 목탁은 전혀 기죽지 않고 느릿하게 자신의 말을 이었다.

"에~ 그게… 대역 죄인이라 해도 진짜 역모를 꾸민 죄인인지, 누명을 쓰고 그리 된 것인지도 따져야 할 문제이고……."

목탁의 발언에 좌중은 크게 술렁거렸다.

형산칠검 류견적이 그냥 던진 말로 여겼는데 목탁이 너무나도 진지하게 받아들이자 날카로운 긴장감이 팽팽하게 신경줄을 당겼다.

역모와 관계된 자라면 진짜 이야기가 복잡해진다.

더구나 누명을 쓰고 역모자가 된 거라면 칼이 어디로 튈지 모른다.

누명이란 말은 쉽게 튕겨낼 수 있는 말이 아니다. 음모와 원한, 복수까지 포함된 무거운 말이기 때문이다.

형산칠검 류견적은 비로소 자신의 발언이 가벼웠음을 자책했다.

그러나 이미 말을 바꾸거나 돌리기엔 늦었다.

"저는 사부님께서 한때 누명을 쓰고 고난을 당하셨다고 했기에 행여 작고하신 사부님께 누가 될까 조심스러운 마음입니다. 이 자리에 저를 아는 분이 없는 것처럼 저 또한 강호의 일에는 무지하고 무관합니다만……."

목탁은 차분하게 설명을 이어가다가 잠시 말을 끊었다.

청도의 타짜 이삼사는 건달 시절 약 파는 기술이 탁월했다.

뛰어난 약 장수는 절대로 약을 팔려고 애쓰지 않는다.

그저 약의 효능과 효과만을 강조할 뿐이다.

고객들이 간절하게 원할 때, 자신은 별로 팔 생각이 없지만 성화에 못 이겨 어쩔 수 없이 물건을 내어주는 것이다.

"저는 사부님께서 세상에서 못 이루신 사부님의 원대한 꿈을 반드시 실현시키고자 이제 막 세상에 나왔습니다."

"허허허! 대협의 사부님에 대한 존경과 의리는 잘 알겠소이다. 나 소화천이 볼 때 이제 대협께서는 사부님의 존함을 말해도 좋을 듯하오만……."

개방의 팔결장로 소화천이 목탁과 수인사를 할 겸 말을 비집고 들어왔다.

"사부께서 이미 작고하셨다면 대역 죄인이라 해도 누구도 죄를 물을 수 없지 않소?"

사회를 자처한 남궁후가 재차 사부의 이름을 밝힐 것을 종용해 왔다.

"하하하! 제 입으로 사부님께서 대역 죄인이라 말한 적이 없는데 이야기가 좀 이상하게 흐른 듯합니다."

사실이 그랬다.

목탁은 형산칠검 류견적의 말에 되묻는 질문을 한 것뿐이다.

第七章
사부의 위상

"사부님께서는 세상에 검으로 이름을 냈고 검으로 무언가를 이루고자 하였으나 이룬 것은 광비신수 진도삼이란 부끄러운 이름뿐이라고 하셨습니다."

"허억! 광비살검!!"

"광비신수 진도삼!!"

"검웅 진도삼이 사부!"

목탁이 사부의 이름을 발표하자 좌중은 크게 동요하였다.

강호에서 그 이름을 모른다면 그자는 새외의 간자이다.

아니, 새외의 간자라 해도 강호의 손꼽히는 고수들 이름은 줄줄이 꿰고 있다.

광비신수 진도삼과 적목수라 도참은 한때 젊은 검객들의
표상이었다.

젊은 무사는 누구라도 그들처럼 되기를 꿈꿨다.

검 한 자루로 일세를 풍미한 영웅 중의 영웅!

시대를 가르고 운명을 베어버린 비정한 권력의 희생자들.

흠모하되 발설해선 안 되는, 동정하되 손을 내밀어 도울 순
없는 두 사람은 더러운 간계와 음모에 희생된 불세출의 검자
였다.

그가 사라진 지 20년 만에 그의 제자가 나타났다.

"사, 사부이신 과, 광비신수 진도삼께선 어, 언제 돌아가셨는
지요?"

남궁후가 놀란 정신을 수습하고 말을 더듬으며 물었다.

남궁후는 어린 시절부터 자신의 아버지 무림맹주 남궁일경
으로부터 무림의 영웅 광비신수 진도삼에 대한 이야기를 귀
따갑게 들었다.

그는 실제로 어릴 때 진도삼을 본 적이 있고, 초식 몇 수를
직접 지도 받은 기억도 있었다.

"사부님께서는 수일 전 절해의 고도에서 귀천하셨습니다."

"아~ 신수께서……."

"그분이 지금까지 살아 계셨다니……."

장내는 엄숙해지고 진도삼의 귀천을 추모하는 분위기가 되었다.

진도삼과 과거에 일면식이 있거나 그의 영웅담을 귀에 담은 사람들은 저마다 추억을 반추하며 회상에 잠겼다.

목탁은 무림인들의 반응을 보게 되자 비로소 사부의 위상이 생각보다 대단하다는 점을 실감했다.

적어도 이 자리의 무림인들은 진심으로 그를 존중했으며 무공과 인물됨을 높이 평가했다는 것을 피부로 느낄 수 있었다.

숙연한 분위기가 이어지자 남궁후가 추모 제안을 하였다.

"여러분! 우리는 지금 전설의 영웅 광비신수 진도삼, 검웅의 안타까운 귀천에 대한 이야기를 들었습니다! 지금 대영웅의 제자가 함께한 자리에서 잠시 검웅에 대한 추모의 예를 올릴 것을 제의합니다!"

"추모에 동참하겠소이다!"

"추모에 함께합니다!"

모두들 추모의 뜻을 밝히며 남궁후의 제의에 찬성하였다.

잠자코 이야기를 듣고만 있던 악천마후 천마천이 특유의 광포한 웃음을 터뜨렸다.

"크하하핫! 지난 삼십 년, 강호에서 그만이 진정한 영웅이었다! 천하 무림이 권력과 탐욕에 눈이 벌개져서 미쳐 날뛸 때,

그만이 진짜였던 걸 나는 누구보다도 똑똑히 기억하고 있소이다! 이렇게 영웅이 갔구나!"

목탁은 세상에서 질시하는 마교의 교주 천마천의 발언에 의아했다.

사부는 삼십 년 전 마교를 상대로 혈투를 벌였고, 마교는 엄청난 타격을 입었는데 정작 마교의 교주인 천마천이 사부를 영웅이라고 부르는 건 놀라운 일이었다.

"크하하하하! 진도삼이 제자 이름을 목탁이라 지었다니, 제자로 하여금 세상을 구제하려는가?"

칭찬인지 욕인지 떨떠름해 목탁은 천마천을 향해 적당히 포권을 하였다.

창연대에 모인 무림인들이 검웅 광비신수 진도삼에 대한 추모의 예를 올리는 동안 목탁은 자신이 사부의 제자인 것이 새삼 뿌듯하고 자랑스러운 마음이 들었다.

지금까지 강호 천지에 위명을 날린 고수는 수없이 많았지만 정사를 막론하고 존경받은 고수는 그리 흔치 않았다.

말이야 광비신수 진도삼의 제자라지만 정작 자신은 그런 사부를 몰라보고 얼마나 버릇없이 굴었던가?

어찌 보면 천하제일의 고수를 만나 불경죄로 한칼에 죽을 수도 있었다.

목숨을 부지하고 살아 있는 것만 해도 다행한 일이었다.

그런데 어떤 고수를 만나더라도 최소한 칼 맞고 죽지 않을 정도의 도검 파훼법까지 전수받은 격이니 사부 말대로 자신은 천복을 받았다는 생각이 들었다.

'이렇게 많은 무림인이 사부를 추모하는 걸 사부가 알면 하늘에서도 좋아하겠네.'

*　　　　　*　　　　　*

쿠쿠쿠쿠쿠!

"어? 뭐지?"

"이거 뭐야?"

추모의 예가 끝날 즈음 갑자기 창연대 칠 층 누각 전체가 거대한 진동에 휩싸였다.

거대한 기둥이 마구 흔들리고 격자창이 심하게 흔들리다 활짝 열어젖혀졌다.

덜커덕!

휘이잉!

창이 열리자 휘장이 바람에 나부끼고 천장에 매달린 등과 장식물들이 마구 흔들렸다.

장중의 무림인들은 뜻밖의 상황에 주위를 살피며 촉각을 곤두세웠다.

진동은 갈수록 심해져 시중드는 사람 중에 무공이 없는 자들은 제대로 서 있기도 힘든 지경이다.

드드드드드!

진동은 지속적으로 이어져 모두의 신경을 날카롭게 했다.

누군가 참지 못하고 조비비에게 분노를 터뜨리며 일갈했다.

"대주! 무슨 수작을 꾸민 게냐?"

"무슨 일인지 속히 밝혀라!"

조비비는 뜻밖의 사태에 어찌할 바를 몰랐다.

"저, 저도 무슨 영문인지 모르는 일입니……."

"피해라!"

쐐애액! 슈슈슈슉!

조비비가 대답을 채 마치기도 전에 누군가 소리쳤고, 엄청난 암기가 장중의 무림인들을 노리고 쏘아져 날아갔다.

암기는 대부분 천장의 서까래와 기둥 상부에서 쏟아져 내렸다.

"크아앗! 암기다!"

"모두 피해라!"

파팡! 타앗! 채채쳉!

무림인들은 자신들을 노리고 날아온 암기를 재빨리 쳐내거나 피하며 암기가 쏟아진 방향을 가늠하느라 눈을 매섭게 빛냈다.

삼초절검을 손에 쥔 목탁도 날아드는 암기를 쳐내며 추대평 옆에 바짝 붙었다.

목탁은 예리한 눈으로 주위를 살피며 암기를 방어하는 무림인들의 실력을 가늠했다.

악천마후 천마천을 비롯한 각 파의 최정예 고수들은 암기를 반탄강기로 튕겨내었다.

그건 그들이 그만큼 고강한 내공을 지녔다는 뜻이기도 하다.

삼백 명의 무림인 중에 적어도 일 할은 반탄강기로 암기를 다스릴 만큼의 고수였다.

암기를 튕겨내던 녹림 1채주 독혈마인 황천길이 조비비를 쏘아보며 다그쳤다.

"대주, 네년이 우리를 한자리에 모아놓고 몰살시킬 계획을 세운 것이냐?"

"아, 아닙니다. 제가 어찌 그런 감당할 수 없는 일을 꾸미겠습니까?"

안색이 파랗게 질린 조비비는 식은땀을 흘리며 아니라고 부인했지만 극도로 흥분한 황천길은 매서운 추궁을 멈추지 않았다.

"네년이 꾸민 일이 아니라면 이 암습이 누구의 사주를 받은 것인지 속히 밝혀라!"

악천마후 천마천은 조금 전 창연대를 진동시킨 진동음보다 더 큰 사자후를 토했다.

"크아아아아! 대주 네년이 저지른 짓이 아니라는 증거를 대지 못하면 내가 직접 네년의 눈을 뽑고 혀를 뽑을 것이다!"

장중의 사람들이 조비비를 의심하는 건 너무나도 당연했다.

암기가 발사되도록 미리 장치를 해두려면 창연대 내부 인물이 아니고선 도저히 불가능한 일이기 때문이다.

이건 변명의 여지가 없는 일이란 걸 조비비 자신이 누구보다 잘 알고 있다.

조비비는 그동안 자신이 쌓아 올린 모든 것이 한순간에 와르르 무너져 내리는 절망감에 온몸의 힘이 빠져 털썩 주저앉았다.

'어떻게 나도 모르는 사이에 이렇게······.'

어떻게든 창연루를 유지하려던 소박한 꿈이 물거품이 되는 순간이었다.

누구의 짓인지 짐작 가는 바는 있으나 이렇게까지 무모한 일을 벌일 줄은 상상도 못했다.

구파일방과 오대세가는 물론 녹림과 마도까지 있는 자리에서 암기를 날리리라고 감히 누가 상상이나 할 수 있으랴.

이건 전 무림을 상대로 선전포고를 한 것이나 마찬가지였다.

강호에서 구파 중 일 파와 척을 져도 생존이 위태로운 게 현실이다.

그런데 창연루가 한순간에 전 무림의 공적이 되어버렸다.

아닌 말로 백도에 쫓기면 사도 쪽에 몸을 의탁할 수 있고 사도와 척을 지면 백도에 목숨을 구걸할 여지가 있지만 정사 양쪽에 쫓기면 천지간에 몸을 사릴 구석이 없다.

지금은 어떤 미래가 펼쳐질지 가늠조차 할 수 없는 상황이 되어버렸다.

무림사에 정사 구분 없이 막무가내로 공격을 퍼부은 사례는 지금까지 단 한 번도 없었다.

일개 기루인 창연루가 벌일 수 있는 일이 아니란 건 누구나 쉽게 짐작할 수 있는 일이다.

조비비는 살기를 바랄 수 없는 입장이 되었으나 이대로 죽기에는 너무나 억울했다.

'그렇다면 배후를……'

만일 조비비가 배후를 밝히지 않으면 자신은 오늘 죽을 것이다. 그러나 자신이 짐작하는 배후를 밝히면 배후의 손에 죽게 될 것이다.

그리고 강호는 걷잡을 수 없는 대혼란에 빠지고 유례없는 혈사가 일어날 것이다.

어차피 자신이 살길은 보이지 않았다.

'그렇다면 진실을……'

조비비는 입술을 지그시 깨물고 마음을 굳혔다.

비밀을 가슴에 묻고 이대로 저승으로 간다면 지금까지 자신이 이룩한, 혹은 이룩했다고 생각한 모든 것이 너무나 허망하다.

지금까지 칼날 위에서 꼭두각시의 춤을 추며 살아온 자신의 인생이 너무나 불쌍했다.

자신은 창연루를 위해서 인생을 걸었건만 자신을 조종하는 자는 자신을 그저 쓰고 버리는 패로 생각한 것뿐이다.

어려서 부모에게 버림받고 기루에 팔려온 한 많은 인생이지만 나름 최선을 다해 살아왔다.

그런데 이렇게 허망하게 모든 것이 무너지고 죽게 된다면 죽어서도 눈을 감지 못할 것 같다.

배후가 바위라면 자신은 계란이다.

계란으로 바위를 깰 수는 없지만 최소한 계란이 되어 바위를 얼룩지게 할 수는 있다.

그동안 자신을 앞세워 온갖 만행을 저지른 배후를 만천하에 알리면 어차피 한통속인 자신도 비난을 면치 못하겠지만 배후 역시 무사하진 못하리라.

결심을 굳힌 조비비는 천천히 무너진 신형을 일으켜 좌중을 둘러보았다.

'지금 얼마나 힘들까?'

목탁은 어쩔 줄 몰라 하는 조비비를 보고 정말 가엾다는 생각을 했다.

저 궁지에 몰린 여자가 정말 천하 무림인을 상대로 도발할 정도의 여걸일까?

아무리 따져 봐도 도저히 그렇게는 생각되지 않았다.

목탁은 기루의 여인들을 잘 알았다.

세상 어느 여자가 술과 웃음을 파는 걸 좋아하겠는가?

대부분 운명의 실타래가 얽히고설켜 꼬이다 보니 기루에 몸을 의탁하고 살게 된 것이다.

누가 여염집 아낙들처럼 다복하고 편안한 삶을 꿈꾸지 않으랴.

목탁은 건달로 지내던 시절에도 항상 기루의 그네들을 자신과 같은 동류로 인식했다.

불쌍한 여자들.

그녀들에 대한 목탁의 생각은 언제나 한결같았다.

기루의 여인들과 술 마시고 같이 즐기긴 했지만 그네들에게 욕하고 폭력을 행사하거나 주사를 부린 적은 한 번도 없었다.

굳이 말하자면 그저 힘든 인생 항로를 같이 헤쳐 나가는 동지 의식 같은 게 있었다.

건달 시절에 그녀들이 슬퍼하면 같이 슬퍼해 줬고 아파하면 같이 술을 마셨다.

목탁이 보기에 지금 조비비의 표정은 너무나 슬퍼 보인다.

목탁은 조비비와 같이 술을 마시고 그녀를 위로하고 싶다는 생각이 들었다.

"오늘 이 자리에서 고명하신 무림 명숙들께 한 가지 진실을 말씀드리고자 합……."

조비비가 진실을 말하려는 순간, 굉음이 천지를 진동시켰다.

콰콰콰쾅!

폭발음에 이어 무수한 암기가 또다시 사방으로 뿌려졌다.

파파파팟!

처음에 뿌려진 암기보다 두 배는 더 많았고 쏟아지는 강도도 더 강했다.

무림인들은 각기 쳐내고 피하기에 급급했으나 일부는 암기에 몸을 상했다.

점창파의 인물 몇 명이 미처 암기를 막지 못해 피해를 입었다.

"독이다! 표창에 독이 묻어 있다!"

"이 악독한 년! 독공을 펼치다니! 네년의 수급부터 취하리라!"

분기탱천한 점창파 무사들 몇이 단 위의 조비비를 향해 신형을 날렸다.

목탁은 저도 모르게 부지불식간에 신형을 날려 그들의 앞을 가로막았다.

눈에서 불꽃이 튀는 점창파 무사들은 목탁도 단칼에 베어버릴 기세였다.

"대협은 썩 비켜나시오!"

"참으시오! 대주는 지금 진실을 밝히려 하지 않았소?"

조비비 앞에 선 목탁은 점창파 무사들 앞에 팔을 벌린 채 물러날 기색을 보이지 않았다.

조비비는 이제 끝났구나 하는 순간, 목탁이 자신을 위해 나서자 울컥하는 마음이 들었다.

지금까지 자신이 지배하거나 지배하려는 남자 외에 자신을 위해 나서준 것이 그녀 인생에 처음이다.

"적어도 대주가 진실을 말할 기회는 주어야 하지 않겠습니까?"

"진실은 저년이 지금 우리를 몰살시키려 한다는 것이오! 우리 형제가 암기에 당한 게 보이지 않소?"

독이 오른 점창의 무사가 입에 거품을 물고 소리쳐도 목탁은 차분했다.

"만일 대주를 지금 해쳐서 입을 막는다면 그것은 진실을 은폐하는 것이오!"

"무엇이? 지금 우리 점창이 이 일의 배후라도 된다는 것이냐?"

"배후라고는 하지 않았소. 진실을 밝히는 게 우선이란 뜻이오. 나는 대주의 입을 통해 진실을 듣고 싶은 마음뿐이오."

"나도 저자의 말에 동의한다!"

뜻밖에도 악천마후 천마천이 목탁의 편을 들고 나섰다.

"그동안 쥐새끼 같은 계략을 즐기는 놈들이 정도무림이라는 탈을 쓰고 저지른 악행은 열 손가락으로 꼽아도 모자랄 지경이다. 아닌 말로 너희 놈들이 계략을 꾸미지 않았다는 증거가 있느냐? 너희가 진실을 듣지 않으려는 의도가 무엇이냐?"

천마천의 말에 점창의 원로장로 곤칠병이 발끈하고 나섰다.

"말을 삼가시오! 우리가 계략을 꾸몄다면 우리 스스로 우리에게 독공을 썼다는 말이오?"

발끈한 점창의 원로장로 곤칠병의 성질에 녹림 1채주 독혈마인 황천길이 기름을 부었다.

"푸하하핫! 암기 하나 제대로 피하지 못하는 머저리들이 무슨 계략을 쓰겠소. 모르긴 몰라도 점창은 그 정도 머리는 안 되는 것 같소이다."

그 말에 목탁의 앞에 선 점창 무사들의 꼭지가 돌았다.

그들은 자신들의 앞을 막아선 목탁을 향해 검을 들었다.

"대협! 비키지 않으면 벨 것이오!"

"나를 베는 것은 좋으나 대주의 진실을 막는 것은 허락할 수 없소!"

"우리가 너 따위의 허락을 받아야 할 이유가 무엇이냐?"

점창의 무사는 거칠게 내뱉으며 곧바로 점창파의 비전 검법인 사일검법(射日劍法)으로 목탁을 공격하기 시작했다.

사일검법은 점창파 최고의 검학이다. 후예가 해를 쏘아 떨어뜨렸다는 고사에서 유래된 검법의 이름에서 알 수 있듯이 빠르고 강맹함을 위주로 하는 초식을 전개한다.

점창의 젊은 무사는 첫 공격을 목탁이 가볍게 피하자 자존심이 상한 듯 손속이 거칠어졌다.

그는 점창의 다양한 검법들을 현란하게 구사하며 목탁을 사정없이 몰아쳤다.

기봉검법에서 분광십팔수검으로 변환하더니 타루검법에서 삼절검으로 겁박해 들어오다가 회풍무류 사십팔검까지 숨 쉴 틈 없이 쾌속 무비한 공격을 거침없이 감행했다.

물론 목탁은 수비일변도로 손에 든 삼초절검으로 오직 방어만 할 뿐이었다.

점창파(點蒼派)의 위치는 사천성 점창산으로 예전에 대리국(大理國)이 소승불교(小乘佛敎)를 신봉한 까닭에 불교(佛敎)의

영향을 많이 받았다.

대리국이 멸망하자 대리국 사람들은 천룡사(天龍寺)가 있던 점창산을 중심으로 저항운동을 펼친 역사를 갖고 있다.

그런 이유로 끈질긴 투쟁과 저항 정신은 점창의 바탕을 이루고 있었다.

도가(道家)의 무공(武功)과 보다 실전적(實戰的)인 무학(武學)이 가미된 게 오는 날의 정창파 무공이라고 할 수 있었다.

실전 무공을 추구하는 점창파는 이후 계속 발전을 거듭해 중원(中原) 명문 정파의 하나로 도약하게 되었다.

점창파의 무공은 예부터 가볍고 빠른 초식 위주로 되어 있어서 그 움직임이 현란하고 경쾌했다.

당연히 방어하는 자도 바쁘게 움직이는 것이 정상인데, 어찌 된 일인지 목탁은 서두르는 기색이 없었다.

그러자 지켜보던 또 한 명의 점창파 무사가 공격에 합세하여 목탁을 몰아쳤다.

그래도 목탁의 방어는 여전히 여유롭고 당황하거나 서두르는 기색이 없었다.

그걸 지켜보는 이들은 목탁의 여유롭고 한가로운 방어에 모두 혀를 내둘렀다.

"대단하네. 광비신수의 제자라더니 역시 명불허전일세."

"검웅의 제자답게 여유가 있구먼."

"멈춰라!"

순간 고함 소리에 점창파의 무사들이 검을 거두고 물러섰다.

느닷없이 소리를 지른 건 초조하게 지켜보던 점창파 원로장로 곤칠병이었다.

그는 자신도 모르게 등에서 흘러내린 식은땀을 느끼며 황급히 목탁에게 포권을 하였다.

"대협, 우리 아이들이 혈기왕성한 탓에 실수를 했으니 너그럽게 용서해 주시오."

지금 목탁을 공격한 점창의 무사 둘이 최정예는 아니지만 신진 중에는 최고의 반열이다.

그런데 목탁은 전혀 서두름 없이 유유자적 방어만 하였다.

목탁이 만일 다른 맘을 먹어 공격을 가했다면…….

그건 생각만 해도 끔찍한 일이었다.

전 무림인이 보는 앞에서 젊은 무사 둘은 죽음을 면치 못했을 것이다.

게다가 목탁이 방어하는 기술은 모두 점창파의 검법이었다.

식은땀을 흘리던 곤칠병은 일순 모골이 쭈뼛하는 섬뜩함을 느끼고 소리쳤다.

그가 멈추라고 외친 것은 거기서 3초식만 더 넘어가면 점창의 살인검법인 오귀검법(五鬼劍法)에 이르기 때문이었다.

오귀검법은 살 초식으로 양패구상을 각오한 공격 초식이라고 할 수 있었다.

다시 말해 방어하는 목탁이 부상을 면하려면 부득이 공격 초식을 구사할 수밖에 없다는 것이다.

곤칠병은 목탁이 공격을 전개하면 제자들이 죽음을 면키 어렵다고 판단했다.

점창의 무사가 외부인에게 점창파의 절기로 죽게 된다면 그야말로 비극이고 대망신이다.

"너희들은 속히 대협께 사죄를 올리도록 하라!"

곤칠병이 제자들에게 사죄를 명하자 제자들이 순순히 무릎을 꿇었다.

"대협, 결례를 용서하여 주십시오!"

"결례라니, 당치 않습니다. 누구라도 형제가 다친다면 똑같이 그랬을 겁니다."

목탁은 손사래를 치며 무릎을 꿇은 점창파의 무사들을 일으켜 세웠다.

목탁의 그런 모습에 점창파의 원로들은 물론이고 대부분의 사람들이 호감의 눈빛을 보냈다.

격분한 상대를 이해하고 일절 공격하지 않고 방어만 한 것도 훌륭한데 자신을 공격한 상대를 다독이며 위로하는 모습은 진정한 대협의 면모로 비춰졌다.

'사람이 진중하고 겸손하구먼.'

'벼는 익을수록 고개를 숙인다고 했는데 인품이 무르익었어.'

자신의 실력만 믿는 오만한 자라면 공격한 자들을 가차 없이 응징했을 것이다.

그러나 목탁의 방어는 전혀 살기가 없는 배려 그 자체였다.

처음에 목탁이 광비신수 진도삼의 제자라고 했을 때 긴가민가하는 사람도 있었다.

그런데 이번 일로 실력은 물론 훌륭한 인품까지 증명된 셈이다.

목탁을 광비신수 진도삼의 진정한 제자로 받아들이기에 부족함이 없는 한 장면이었다.

대부분의 사람들이 호감의 눈으로 목탁을 지켜보았다.

'검신이 진짜 인물을 키워냈구나.'

'청출어람이라더니… 진도삼은 좀 깐깐했는데 제자는 부드럽군.'

남궁후가 목탁에게 다가서더니 점창파의 곤칠병 장로를 향해 질문을 던졌다.

"궁금한 게 하나 있습니다. 아까 곤 장로께서 멈추라고 한 것은 3초식 후에 살인검법인 오귀검법이 시전될 것을 염두에 둔 것으로 알고 있습니다. 그렇지요?"

"맞소이다. 아는 바… 그대로요."

곤칠병은 남궁후의 지적이 입맛이 쓰지만 부인할 도리가
없었다.

그러자 남궁후가 미묘한 표정을 지으며 목탁에게 질문의
화살을 돌렸다.

"대협께서는 만일 오귀검법이 시전되면 어찌하실 생각이었
습니까?"

지금 남궁후가 던진 말은 의도가 숨어 있는 날카로운 질문
이었다.

상대가 하수라서 여유롭게 상대했지만 만일 목숨을 걸고
오귀검법을 시전하며 달려들면 어찌하겠느냐는 말이다.

모두들 그 질문의 의미를 아는지라 어떤 대답이 나올지 목
탁을 예의 주시했다.

대답 여하에 따라 목탁의 진정한 인품을 가늠할 수 있는
고약한 질문이었다.

만일 대답을 주저하거나 맞대응한다면 포장된 인격이란 게
드러난다. 그러나 목탁은 조금도 주저 없이 곧바로 남궁후의
질문에 답했다.

"하하하! 목숨이 위태롭다면 도망쳐야지요."

목탁은 계면쩍은 웃음을 흘리며 뒤통수를 긁적거렸다.

목탁의 예상치 않은 대답에 모두의 입이 딱 벌어졌다.

그러자 남궁후의 말투에 살짝 비웃는 기가 느껴졌다.

"검을 든 무사가 등을 보인다는 것은 수치스러운 일이 아니오?"

"수치스러운 게 살인보다는 낫지요. 불구대천의 원수도 아닌데 굳이 생사를 겨룰 일은 없지 않습니까?"

목탁의 말에 남궁후는 '어? 뭐야?' 하는 기분이 들었으나 딱히 꼬투리 잡기도 어려웠다.

목탁의 말이 틀린 말은 아니지만 칼을 찬 무사가 할 말은 아니었다.

그래선지 좌중의 반응도 조금 싸해지는데 목탁의 다음 말은 더 가관이었다.

"사부님께선 싸우면 절대로 이기지 말라고 하셨고, 36계 줄행랑이 최고라고 하셨습니다. 전 그저 사부님께 배운 대로 할 뿐입니다."

모두들 어처구니없는 목탁의 말에 어안이 벙벙했다.

줄행랑은 정말 터무니없는 발언이라 모두들 말은 안 하지만 속생각은 다들 비슷했다.

'설마 광비신수가 그런 가르침을……?'

남궁후가 그런 궁금증을 풀고자 질문을 이었다.

"이기지 않을 거면 뭐 하러 싸운단 말이오?"

"어, 그게… 피할 수 없으면 일단은 싸우고, 틈을 봐서 튀어야죠. 36계요!"

목탁이 겨루다 튀는 시늉을 하자 장내에 웃음이 터졌다.

"와하하! 검웅의 비급은 36계인가 봅니다!"

36계라니? 도무지 검웅 광비신수의 제자가 할 발언은 아니었다.

그러나 목탁이 워낙에 태연한 표정으로 천연덕스럽게 말하자 묘한 매력이 느껴졌다.

자신의 질문이 어쩐지 웃음거리가 된 것 같아 남궁후는 기분이 언짢았다.

"만약에 도적이 목에 칼을 들이대고 대협의 목숨을 달라면 어찌하겠소?"

"목숨이 몇 개 된다면 하나쯤 주겠지만 그렇진 않으니 못 주겠다 해야지요."

"도적이 대협의 목숨을 노리고 공격한다면 그땐 어쩔 거요?"

"어, 그렇다면 역시… 튀어야죠. 36계!"

"크크크."

목탁이 또 튀는 시늉을 하자 여기저기에서 웃음이 터졌다.

남궁후는 중대한 잘못을 따지듯이 날카롭게 지적했다.

"도적이라면 응징을 가함이 옳은 일 아니오?"

"글쎄, 그게……."

남궁후의 추궁 같은 지적에 목탁이 말끝을 흐리자 모두들 의아한 표정을 지었다.

상대가 도적이라면 가차 없이 응징을 가하는 게 무림인의 상식이다.

"아무리 도적이라도 생명은 귀한 것이니 함부로 해치는 건……"

"하하하! 대협께서 도적의 생명도 그리 귀하게 여기는 줄 몰랐소이다."

남궁후는 이제 목탁을 노골적으로 비아냥거렸다.

구파일방 사람들도 그런 말을 거리낌 없이 하는 목탁의 정체성에 의구심을 품었다.

그러나 목탁은 그런 반응에도 개의치 않았다.

"아무리 도적이라도 나면서부터 도적인 사람은 없지 않습니까? 자녀가 굶고 부모가 병중인데 도움 청할 곳이 없는 사람이어서 도적질을 한 사람일 수도 있고… 아무튼 도적이 되기까지 뭔가 피치 못할 사정이 있었을 터, 무조건 응징하기보다는 먼저 그 도적의 사정을 살피는 것이 순서 아니겠습니까? 사부께서 상대가 설사 악인이라도 인자무적을 행하라고 하신 것도 있고……"

목탁의 말에 소림사와 아미파, 공동파, 점창파 사람들은 큰 충격을 받았다.

목탁의 발언은 불심 깊은 불제자에게서나 나올 법한 발언이었기 때문이다.

그들은 불가와 도가에 연이 깊은지라 목탁의 발언이 예사롭지 않은 것이다.

지금까지 혈겁이 난무하는 강호에 이런 검객이 있었던가?

소림사의 장로 해월은 감동에 목이 메어 목소리가 떨려 나왔다.

"아미타불! 강호에 대협 같은 인자가 계시다니 무림의 홍복이외다. 검웅께서 은거하신 동안 불심으로 마음을 다스리고 세상에 인자무적을 행할 전인을 보내신 듯합니다."

구파일방보다 큰 충격을 받은 건 녹림십팔채의 채주들과 총표파자 냉혈마제 벽혈무였다.

세상과 척을 진 그들은 무림맹과 구파일방, 오대세가를 철천지원수처럼 여기고 살았다.

그들은 녹림의 무리를 인간으로 취급하지 않았다.

자신들만 선택받은 정도의 무사라는 자부심에 늘 오만함으로 가득 차 있었다.

그러나 녹림의 무사들은 정도라고 자부하는 그들을 양의 탈을 쓴 늑대로 여겼다.

그런데 저 목탁이라는 자는 도적의 생명도 존중하고 그 사정부터 살펴야 한다고 했다.

이 얼마나 인간적이고 사려 깊은 말인가?

목탁의 말은 그들에게 크나큰 위안과 감동의 울림으로 가슴에 파고들었다.

세상에 태어나서 이런 가슴 떨리는 감격의 순간은 흔치 않은 법이다.

'그래, 우리도 사람이다. 귀한 목숨이고.'

녹림의 무리라고 해도 녹림에 몸을 담고 야수의 삶을 살아가는 것에 나름의 고뇌와 한탄이 왜 없겠는가?

녹림인 중에 스스로 원해서 녹림인이 된 자가 몇이나 되겠는가?

이리저리 세상에서 치이고, 밀려나고, 인생이 꼬이다 보니 그리된 것이다.

원래 세상에서 소외된 자들이 더 세상이 그리운 법이다.

목탁의 한마디가 녹림의 무리에게 자신들이 사람임을 일깨워 준 것이다.

'그래, 우리도 세상에서 사람답게 살고 싶었지.'

사람은 누구나 자신의 처지를 헤아려 주는 사람을 따르게 마련이다.

녹림의 총표파자 냉혈마제 벽혈무가 채주들의 마음을 대신해 우렁차게 외쳤다.

"와하하하하! 악천마후께서 강호에 진정한 영웅은 광비신수 진도삼 하나라고 했을 때 난 솔직히 동의하지 않았소. 그러나 오늘 그의 제자를 친히 만나 보니 마후의 의견에 동의하지 않을 수가 없구려! 제자를 보면 그 스승을 아는 법! 목 대협, 오늘부터 우리 녹림은 그대의 사부 광비신수를 존경하고 앞으로 목 대협을 우리의 진정한 친구로 대할 것이오!"

"우리 십팔 채주는 총표파자님의 뜻에 따라 목 대협을 존경하고 따를 것을 약속드리는 바이오!"

십팔 채주도 우렁차게 외치고 포권으로 목탁에게 호의를 나타냈다.

목탁은 좀 어정쩡한 태도로 포권을 하고 녹림인들의 호의를 받았다.

남궁후는 물론 정파 무림인들은 녹림의 반응에 당혹스러웠다.

졸지에 자신들이 피도 눈물도 없는 냉혈한이 되어버린 기분이다.

더 큰 문제는 자신들이 냉혈한이라고 무시하던 녹림의 무리가 목탁을 지지하고 따르게 되었다는 점이다.

정도무림의 정신적인 지주와도 같은 광비신수의 제자가 녹림과 친구라는 것은 말이 안 된다.

그런데 지금의 상황은 딱히 시비 걸거나 뭐라고 따지고 들기 어려운 형국이다.

그러자 모두의 따가운 시선이 남궁후에게 쏠렸다.

'거 괜히 나서서 잘난 척하더니 분위기 더럽게 만드네.'

남궁후가 쓸데없는 질문으로 이상한 상황을 만들었다는 비난의 눈길이었다.

조비비는 자신을 위해 나선 목탁의 매력에 푹 빠져 버렸다.

'이 남자, 지나치게 맘에 들어.'

처음에 자신을 위해 신형을 날렸을 때 울컥한 건 인지상정이라고 할 수 있다.

그런데 도적론이 펼쳐지자 목탁은 도적의 죄보다 생명의 고귀함에 무게를 두었다. 흑백논리의 비정한 강호에 인자무적이라는 희한한 초식이 나타난 것이다.

목탁은 지금까지 조비비 자신이 접해본 적이 없는 유형의 독특한 인물이었다.

솔직히 인물이 잘난 것도 아니고 말을 잘하는 것도 아니다.

그런데 이 남자는 한마디의 말로 녹림십팔채의 마음을 단숨에 사로잡아 버렸다.

천하에 어느 정도 무림인이 녹림으로부터 포권의 예를 받은 적이 있을까?

'이 남자를 내 사람으로 만들 수 있다면……'

살아오면서 지금까지 연모의 정을 품은 사람이 단 한 사람도 없다면 거짓일 것이다.

그러나 자신의 신분과는 연이 닿지 않는다고 생각하여 마음을 접었다.

명문대가나 고매한 학자들은 자신과 어울리는 건 좋아해도 맺어지는 건 꺼렸다.

신분의 차이와 가문의 위상을 생각할 때 넌지시 후실은 제의해도 정실은 언감생심 꿈도 꾸지 못할 일이었다.

그런데 이 남자는 조건 같은 건 따지지 않고 무조건 잡고 싶은 마음이 든다.

도적들이 두려워서 따르는 게 아니라 마음으로 감복하여 따르는 건 진짜 엄청난 일이다.

그런데 눈앞에서 그 엄청난 일이 벌어졌다.

항주제일기루인 창연루를 운영해도 늘 마음 한구석은 불안하고 갈증이 있었다.

그런데 세상이 흉악하다고 손가락질하는 도적마저 감복시키는 이런 남자와 함께라면…….

'아마 천하를 다 가진 기분이 들 거야.'

그런 생각을 하자 조비비는 자신도 모르게 가슴이 콩닥거렸다.

가슴이 설레자 이내 그녀의 얼굴에 살짝 화색이 돌았다.

그러나 한편으로 조비비는 그런 생각을 한 자신이 기가 막혔다.

'지금이 어느 때라고.'

조비비는 한 손으로 살짝 붉어진 자신의 볼을 감싸며 목탁의 옆모습을 슬쩍 훔쳐봤다.

연모의 마음을 품은 탓인지 목탁의 모습이 더없이 멋져 보이고 늠름해 보인다.

눈에 콩까지가 씌었으니 당연한 일이지만 멋있어도 심하게 멋있다.

쿠르르르르!

쾅쾅쾅!

그때 진동이 일어나며 건물이 크게 흔들리더니 폭발음이 연이어 터졌다.

드드드드드!

거대한 진동에 이어 천지가 뒤집히는 아수라장이 연출되기 시작했다.

떨어져 내리는 흙과 나무, 뿌연 먼지와 장식물들로 한 치 앞도 보이지 않았다.

"피해라! 건물이 무너진다!"

창연대를 떠받친 아름드리 기둥들이 흔들리며 기울어졌다.

콰콰콰콰!

누각의 기왓장들이 비 오듯 쏟아져 내리며 사방으로 날렸다.

휙휙휙!

장내의 무림인들은 앞다투어 모두 창연대 밖으로 신형을 날렸다.

천장의 서까래들이 우지직 소리를 내며 무너져 내리고, 낙하물들이 비 오듯 사람들 위로 떨어져 내렸다.

투두둑! 쿵쿵!

"꺄악!"

조비비는 자신도 모르게 비명을 지르며 목탁의 옆에 찰싹 달라붙어 목탁의 허리춤을 두 팔로 꽉 껴안았다.

무림인들이 채 빠져나오기도 전에 창연대 칠 층 누각이 굉음을 내며 무너져 내리기 시작했다.

콰르르릉!

콰쾅!

"대주! 대평아! 꽉 잡아!"

목탁은 왼쪽에 조비비, 오른쪽에 추대평을 끼고 무너져 내리는 잔해를 피하고 발로 쳐내며 간극의 사이를 돌파하여 가까스로 건물 밖으로 몸을 빼냈다.

말 그대로 일촉즉발, 위기일발의 순간이었다.

목탁이 건물 밖으로 몸을 빼내고 뒤돌아보는 순간, 그 거대한 건물이 거짓말처럼 폭삭 주저앉았다.

콰르르르!

퍼퍼펙! 푸악!

"허어~!"

빠져나온 무림인들과 목탁, 추대평, 조비비는 그 비현실적인 광경에 그저 입을 벌리고 서 있을 뿐이었다.

조비비는 자신이 지금까지 이룩한 화려한 명성의 상징인 창연대가 물거품처럼 사라진 모습이 마치 꿈처럼 느껴졌다.

이 허망한 꿈을 위해서 그동안 얼마나 피눈물을 쏟으며 노심초사했고 전전긍긍, 애면글면, 좌불안석의 시간을 보냈던가?

그러나 어쩐 일인지 조비비는 믿어지지 않는 현실에 별다른 감정의 동요가 일어나지 않았다.

슬프거나 화나지 않았으며 그다지 안타까운 마음도 들지 않았다.

사람은 현실이 지나치게 비현실적이면 현실감이 느껴지지 않게 마련이다.

아직 감정의 골이 자리를 제대로 잡기 전이라 미처 감정이 대응치 못하기 때문이다.

하지만 본능은 감정보다 사태 파악이 빠르다.

주르르.

그녀의 직관은 자신도 모르게 두 줄기 눈물을 흘려 내보내고 있었다.

그 눈물에 전이되어 목탁과 추대평도 소리 없이 눈물을 흘렸다.

추대평은 구사일생으로 살아난 것과 지난 삼 년간 자신이 몸담고 드나들던 일터가 사라진 것에 대한 회한의 눈물이었다.

조비비는 목탁이 자신을 위해 눈물을 흘려주자 그 따뜻한 마음에 전율했다.

자신을 위기에서 막아주고 목숨 걸고 변호해 주다 싸우기까지 했다. 게다가 무너지는 건물에서 자신의 목숨을 구한 데다 눈물까지 흘린다.

목탁에 대한 조비비의 연모의 정은 더욱더 깊어졌다.

'아, 모든 걸 다 잃어도 이분만 얻을 수 있다면.'

조비비는 목탁의 팔에 가만히 머리를 기대고 한숨을 쉬었다.

'하아, 난 이제 이분을 위해서라면 죽어도 좋아.'

목탁은 한숨짓는 그녀의 모습이 애처로웠다.

창연루가 항주 제일의 기루라고 했는데 그 상징인 창연대가 무너졌으니 얼마나 속이 쓰릴까?

목탁은 위로주라도 같이 한잔 나누어야겠다고 생각하며 입맛을 다셨다.

*   *   *

창연대 밖, 광장엔 어느덧 짙은 어둠이 내려와 있었다.

교교한 달빛 속에 웅장하고 화려하던 창연대 칠 층 누각은 창졸간에 스러져 희뿌연 연기만 피어올리고 있었다.

미처 빠져나오지 못하고 건물 잔해에 깔린 사람들의 처절한 울부짖음이 고막을 울렸다.

"으아아아! 내 다리!"

"아아악! 나 좀 살려줘!"

고막을 찢는 비명 소리에 빠져나온 사람들이 잔해더미로 달려들었다.

생존자들은 한 사람이라도 더 구해내려고 잔해더미를 치우며 구조에 전력을 기울였다.

그러나 특별한 도구 없이 잔해더미를 치우는 일은 답이 없어 보였다.

모두들 허둥거릴 때, 소림의 장로 해월이 제자들에게 명을 내렸다.

"속히 연공진을 펼쳐라! 연공으로 기를 모아 잔해더미를 띄워라!"

소림의 제자들이 잔해더미 앞에 모여서 기를 모으자, 빠져나온 이들이 모두 자세를 갖추고 연공진에 동참하였다.

"끄아아아아아!"

절박한 순간에 모두가 전력을 다해 기를 끌어올리기 시작했다.

잠시 뒤, 연공진 위로 청록색의 기류가 형성되더니 점점 크기가 커졌다.

동료를 구하겠다는 일념으로 모두들 총력을 기울여 기를 모았다.

이윽고 청록색 기류가 잔해더미 위를 완전히 뒤덮자 잔해가 조금씩 들썩거리기 시작했다.

후두둑! 투투툭!

내공 운용에 대해서 잘 모르는 목탁은 자신이 연공에 동참하지 못하는 게 안타까웠다.

그냥 서 있자니 괜히 사람들 눈치가 보이고, 모르면서 뭔가 하는 척하기도 그랬다.

'아, 이거 참 거시기하네.'

연공에 합류한 무사들의 얼굴에서 땀이 비 오듯 흘러내리기 시작하자 해월이 소리쳤다.

"지금이다! 모두 띄워 올려라!"

해월의 소리에 맞춰 모든 연공진 참여자들이 일제히 사자후를 토해냈다.

"우아아아아아아아!!"

엄청난 사자후에 산천초목이 진동하고 호수의 물이 거칠게 요동 쳤다.

한순간 깔리고 묻혀 있던 사람들이 잔해와 함께 허공으로 떠 올랐다.

추추추추!

그러나 떠오른 자들은 대부분 스스로 몸을 움직일 수 있는 상황이 아니었다.

이대로 간다면 다시 잔해와 함께 바닥에 떨어져 파묻히고 말 것이다.

그리 되면 애써 구하려다 두 번 죽이는 꼴이 된다.

최선책은 떠오른 잔해를 호수로 이동시켜 수장시키는 것인데, 그러면 사람들의 희생도 각오해야만 한다.

모두가 대책이 없어 난감해할 때, 목탁이 지체 없이 떠 오른 잔해 속으로 몸을 날렸다.

불과 열을 세는 정도의 시간이나 되었을까?

그 짧은 시각에 목탁은 떠오른 사람들을 전광석화 같은 몸놀림으로 모두 챙겼다.

슈슈슈, 휘휘휙!

사람들이 본 것은 청록색 기류 안을 빠르게 휘돌아다니는 밝고 푸른 한줄기 빛이었다.

목탁이 사람들을 연공진 밖으로 안전하게 끌어내자 잔해더미가 일시에 내려앉았다.

파아아~ 풀썩!

일 초만 더 늦었더라도 연공진에 참여한 대부분의 사람들은 피를 토하고 쓰러졌을 것이다.

모두들 안도의 한숨을 내쉬며 부상자들의 상태를 살피고 치료를 시작했다.

연공진을 이끌던 해월은 일사불란하게 치료할 것을 지시했다.

"스스로 운기조식이 가능한 자들은 운기하도록 하고 중상자는 속히 지혈하고 영단을 처방하라!"

나름 강호의 고수들이라 모두 치료법에 일가견이 있었고, 대부분 상비약보다 차원 높은 영단을 소지하고 있어서 부상자들에 대한 신속한 치료가 이루어졌다.

사태가 어느 정도 수습되자 해월을 비롯한 무림의 원로들이 목탁 주위로 몰려들었다.

해월은 만면에 웃음을 가득 담은 얼굴로 목탁의 공을 치하하였다.

"목 대협, 노납은 생각이 짧아서 잔해를 치울 생각만 했지 사람을 구할 계획은 제대로 세우지도 못했소이다. 대협 덕분에 큰 화를 피했소이다."

"나도 처음에 목 대협이 연공에 참여치 않는 걸 이상하게 여겼는데, 사람들을 구해내는 걸 보고서야 대협의 깊은 뜻을 못 알아챈 내 아둔함을 탄식했습니다."

남궁후도 솔직히 목탁의 깊은 지혜와 신속한 구조에 탄복하였다.

"아, 아닙니다. 제가 행동이 굼떠서 연공에 참여하지 못한 겁니다."

목탁은 차마 내공 운용법을 모른다고 말하기 창피해서 그렇게 말했다.

그러자 남궁후가 인사치레로 공치사 겸 덕담을 건넸다.

"허허허! 목 대협, 겸손도 지나치면 비례입니다."

"아, 아니, 전 진짜로… 굼떠서……."

목탁이 진짜인 것처럼 손사래를 치자 녹림 총표파자 벽혈무가 끼어들었다.

"하하하! 목 대협, 정도껏 하시게. 촌각의 시각에 사십여 명이 넘는 사람을 구한 사람이 동작이 굼뜨다고 하면 그걸 믿을 사람이 누가 있겠나?"

"하하하! 맞습니다. 아까 보니 신형이 보이지도 않고 빛처럼 빠르더군요."

벽혈무의 말에 이구동성으로 목탁의 행동에 호의와 찬사의 말을 보탰다.

"저도 제 두 눈으로 똑똑히 봤습니다."

"이제 보니 목 대협은 다른 건 몰라도 거짓말하는 재주는 없는 듯합니다."

목탁은 연공에 참여 못한 덕분에 사려 깊고 지혜로운 인물이 되었다.

행동이 굼뜨다는 어설픈 변명으로 거짓말할 줄 모르는 진실된 인물이 되었다.

모두들 방금 눈앞에서 믿기 어려운 대참사를 겪었다.

그런데도 참사 현장의 분위기는 비극의 현장이 아니라 목탁의 활약으로 화기애애했다.

아미파는 대연회장 안쪽에 위치해 있던 터라 상대적으로 빠져나오지 못한 사람이 많았다.

허둥지둥 연공에 합세는 했지만 잔해를 허공에 띄워놓고는 사실상 속수무책이었다.

오늘 목탁이 아니었다면 아미파의 뛰어난 수재 십여 명이 인생을 졸업했을 것이다.

니파진니가 다가와 목탁의 손을 어루만지며 진심으로 감사의 뜻을 전했다.

"목 대협을 우리 아미파의 천객으로 모시겠습니다. 천하의 아미파 제자는 오늘부터 목 대협의 수하나 마찬가지이니 언제든 필요하면 마음대로 부리시면 됩니다."

니파진니는 품에서 작은 패를 꺼내어 목탁에게 내밀었다.

그것은 아미파에 존재하는 단 하나의 천객패였다.

천객패는 장문인이 아니라 최고 원로가 지니고 다니며, 패를 수여하는 것도 최고 원로의 손에 달렸다.

패의 앞면에는 천(天) 자가 새겨져 있고 뒷면에는 무릎 꿇은 호랑이가 조각되어 있었다.

천객패는 외부인으로서 아미파에 지대한 공을 세우거나 아미파가 대은을 입었을 경우에 주어지는데, 천하의 아미파는 천객의 명을 장문인의 명과 동일시하고 따랐다.

심지어 실수로 아미파 제자를 죽게 할지라도 천객패가 있다면 패는 회수하되 목숨은 거두지 않는 것으로 되어 있었다.

아미파의 제자들도 니파진니의 천객패 수여에 공감하였다.

그러나 정작 천객패를 받을 당사자인 목탁은 망설였다.

목탁이 망설이는 이유는 두 가지였는데 하나는 천객패의 의미를 잘 모르는 탓이었고 또 하나는 그가 타고난 타짜이기 때문에 감으로 아는 것이다.

'이유가 어쨌든 지금 손에 착착 패가 감긴다. 그렇다면 위험이 도사리고 있으니 조심하라는 신호다.'

노름판에서 돈을 긁는다고 마냥 좋아할 일이 아니란 걸 잘 알기 때문이다.

그 돈 뒤에는 반드시 질시와 원망이 뒤따른다는 건 상식 중에도 초보 상식이다.

땄다고 너무 좋은 티를 내면 안 되고, 개평은 반드시 후하게 주어야 한다.

그렇지 않으면 반드시 후환이 있게 마련이다.

"고맙긴 하지만 제가 세운 공도 없이 이런 걸 받기가 좀……."

"세운 공이 없다니? 목 대협이 사십 명이 넘는 무림 동지를 구한 것이 공이 아니라면 무엇이 공이란 말이오?"

"연공의 지혜는 소림의 해월 장로님에게서 나왔고, 연공은 모두가 참여하여 공을 이룬 것입니다. 전 연공조차 참여하지 않았는데 공이라니 당치 않습니다."

목탁이 단호하게 천객패 받는 것을 거부하자 사람들은 더 기분이 좋아졌다.

목탁의 말대로 연공 참여로 고생은 다 같이했다.

물론 목탁이 재주가 출중하여 사람들을 구한 것은 정말 대단한 일이지만 그렇다고 해도 천객패는 아미파의 상징이요, 신물에 버금간다.

목탁이 선뜻 받아들였다면 사실 좀 찜찜한 마음이 들 수도 있었다.

'저 친구가 공은 있다만… 천객패는 좀 지나친 듯……'

그런데 저 훌륭한 광비신수의 제자는 단호하게 사양할 뿐 아니라 연공은 모든 이의 공이라며 오히려 자신의 연공 불참에 대해 스스로 나무라고 있다.

목탁을 바라보는 무림인들의 생각은 대략 비슷했다.

'역시 호랑이는 호랑이를 낳는다더니 영웅이 영웅을 낳는구나.'

목탁에 대한 무림인들의 신뢰와 호감은 가히 강호의 새로운 영웅을 대하는 그것이었다.

부상자가 수습되고 어수선한 분위기가 정리되자 남궁후가 나섰다.

"이 자리에서 본 사건의 수사대를 조직하려는데 다른 의견 있으십니까?"

"이런 천인공노할 일에 무슨 이견이 있겠소?"

녹림 총표파자 벽혈무의 말에 진행이 빨라졌다.

"그럼 각 파에서 수사에 참여할 인물을 수사대로 파견하여 주실 것을 부탁드립니다."

"참여 인물이 너무 많아도 곤란하니 각 파당 세 명으로 제한하는 게 좋을 것 같소."

구파일방과 오대세가, 녹림과 마교에서 세 명씩 총 오십일 명의 수사대원을 선정했다.

무림사에 전무후무한 정사 합동 수사대가 꾸려졌다.

남궁후는 수사대원의 명단을 작성하고 무림첩을 발동하여 전 무림의 협조를 구하기로 했다.

"수사본부는 임시로 항주의 무림맹 지부로 정하겠습니다. 본 사건의 주요 용의자인 조비비는 무림맹 지부까지 수사대와 동행토록 할 것이며 수사에 적극 협조하야야 할 것이오."

조비비는 새삼 자신의 처지를 깨닫고 어깨를 축 늘어뜨렸다. 지금 자신에겐 아무런 선택권이 없다는 사실에 가슴이 먹먹했다.

목탁은 그런 조비비의 모습을 보자 어쩐지 가슴이 아려왔다.

'대주가 많이 힘들어 보이네.'

건달 시절 기루에서 조금 전 그런 표정을 몇 번인가 본 적이 있다.

술과 웃음을 파는 기루의 기녀들에게도 가끔씩 연모하는 사내가 생기기도 한다.

그런데 연모하는 사내 앞에서 술자리에 나아가 다른 사내들에게 술을 따라야 할 때, 사랑하는 사내가 다른 계집과 눈이 맞아 자신을 내칠 때, 심신이 고달픈데 하소연할 곳이 없을 때 목탁은 그네들을 위로하고 같이 술을 마셔주었다.

그 처연한 그네들의 표정을 목탁은 너무나도 잘 알고 있었다.

'슬픔은 술 한잔하면서 풀어야 하는데…….'

목탁은 진심으로 대주와 술 한잔 나누면서 그녀를 위로해주고 싶었다.

지금 그녀를 잡아놓고 수사를 한다는 것은 너무나도 잔인한 짓이라고 생각되었다.

수사가 하루쯤 늦는다고 해서 크게 잘못될 것도 없지 않나?

"저… 제가 나설 자리는 아니지만, 오늘은 밤도 늦었고 대주의 수사는 내일부터 하는 게 좋을 듯합니다만……."

뜬금없이 목탁이 끼어들자 남궁후는 잠시 망설였다.

"목 대협도 아시다시피 이 사건은 한시도 미룰 수 없는 중대한 사안입니다."

"아, 압니다. 하지만 오늘 밤만 제가 묵고 있는 수군 객사에서 대주를 쉬게 해주시면 내일 정오까지는 틀림없이 무림맹 지부로 찾아뵙겠습니다."

목탁이 수군 객사를 들먹거리자 남궁후는 또 머뭇거렸다.

아무리 강호의 일이라도 관부에서 나선다면 무림맹은 뒷전이 된다.

"혹시 관부에서 이 사건을 다루실 생각입니까?"

"아, 아닙니다. 전 그저 오늘 대주도 여러모로 놀라고 힘들

었을 테니 그저 하룻밤이라도 편히 쉬게 해주고 싶은 마음
에……."

"와하하! 혹시 목 대협께서 대주에게 딴마음 품은 건 아니
오?"

"아, 아니, 그런 게 아니라……."

녹림 총표파자 벽혈무가 호탕하게 웃으며 농을 치자 목탁은
얼굴을 붉히며 손을 내저었다.

목탁의 허둥대는 그 모습이 모두를 마음 편하고 유쾌하게
만들어주었다.

"하하하! 목 대협 뜻대로 합시다. 우리도 어차피 오늘 밤엔
좀 쉬어야 하지 않겠소?"

그렇게 되자 남궁후도 더 이상 수사를 고집하며 조비비를
잡아두기 어려웠다.

"그럼 내일 정오부터는 본격적인 수사가 이뤄진다는 점을
명심하고 마음의 준비를 하기 바라겠소."

상황이 자연스럽게 정리되어 본격적인 수사가 내일로 미뤄
지자 조비비는 감격하고 감동하며 다시 한 번 목탁의 행동에
전율했다.

'세상에 이런 남자는 없어!'

저 사람은 어떻게 여자의 마음까지 속속들이 헤아린단 말
인가?

어찌 보면 자신은 목 대협과는 아무 상관이 없는 생면부지의 남이다.

그런데 목 대협은 자신을 하룻밤이라도 편히 쉬게 해주고 싶다고 했다,

'내가 속으로 연모하는 걸 눈치채기라도 하신 걸까?'

만일 무림맹으로 가서 밤새 수모를 당한다면 자신은 아마도 혀를 깨물고 자진했으리라.

모든 게 수포로 돌아간 오늘 밤이지만 그 모든 것보다 더 귀한 선물을 받은 기분이 들었다.

조비비는 태어나서 처음으로 행복하다는 생각을 했다.

창연대를 준공하고 천하 명숙을 한자리에 불러 모았을 때도 이런 벅찬 감동은 없었다.

행복은 돈으로 살 수 없다는 옛 선인들의 말이 가슴 절절히 느껴졌다.

'내 머리카락을 잘라 이분의 신발을 만들어 드리고 싶어.'

선착장에 창연루 소속의 모든 도선이 집결하였다.

조비비는 수석집사인 차쌍미에게 뒷수습과 몇 가지 당부를 하고 무림인들의 뒤를 따라 배에 올랐다.

무림인들이 타고 온 배가 선착장에서 멀어질 때까지 차쌍미가 손을 흔들어주었다.

＊　　　　＊　　　　＊

촤아아!

창연루에서 항주 시내의 관문인 항주 제일교까지는 지금의 배 속도라면 반 시진 남짓 걸린다.

교교한 달빛을 받은 배들이 수로를 따라 얼마나 흘러갔을까?

대략 이각 정도의 시간이 지났을 즈음, 선두에서 물살을 헤치며 나아가던 배가 어쩐지 흔들거리는 것 같았다.

그러다 이내 선두의 배는 더 이상 앞으로 나아가지 못하고 옆으로 기울기 시작했다.

"어엇! 이거 배가 왜 이래?"

기우는 배엔 주로 개방의 인물들이 타고 있었다.

기우는 배의 격군들이 허둥대며 갑판 위로 올라왔다.

옆으로 기운 배의 선장이 뒤따르는 배에 깃발과 횃불로 구조 신호를 보내며 소리쳤다.

"물이 샙니다! 곧 침몰합니다! 모두 다른 배로 피선하십시오!"

"어디서 새는 거냐?"

"바닥에 구멍이 뚫렸습니다!"

뒤따르는 배에는 공동, 점창, 아미, 소림의 인물들이 타고 있었다.

"선장, 저 배에 무슨 일이오?"

"긴급 구조 신호입니다. 배에 문제가 생긴 것 같습니다."

바로 그때, 뒤따르던 배도 크게 기우뚱하더니 급속히 기울기 시작했다.

곧바로 파랗게 질린 격군이 물에 빠진 생쥐 꼴로 갑판으로 나왔다.

"선장님, 배 옆구리에 구멍이 나서 물이 차오릅니다."

"막을 수 없나?"

"구멍이 여럿이라 역부족입니다."

"침몰하기 전에 모두 물로 뛰어내려라!"

선장은 촌각의 지체도 없이 탈출 명령을 내렸다.

선두와 뒤따르던 배뿐만이 아니라 모든 배가 옆으로 기울고 있었다. 누군가 침몰하도록 배 밑바닥에 구멍을 뚫고 손쓸 수 없도록 해놓은 것이 분명했다.

가급적 침몰하는 배에서 멀어져야 물속으로 딸려 들어가지 않는다.

무림인들은 예기치 않은 상황에 분통이 터졌지만 속속 물로 뛰어드는 수밖에 없었다.

첨벙! 첨벙! 풍덩!

'어?!'

"저 배는 멀쩡한데……."

모든 배가 침몰하는데 유일하게 정상적으로 떠 있는 배들이 보였다.

그 배들은 모두 녹림십팔채의 수적선(水賊船)이었다.

물에 빠진 무림인들은 분통을 터뜨렸다.

"이제야 알겠네. 모두 저 도적놈들의 흉계다!"

"놈들이 온다! 형제들! 놈들을 모두 물귀신으로 만들어줍시다!"

녹림십팔채의 수적선이 다가오사 무림인들은 서마나 내공을 끌어올렸다.

물속이라 불리하지만 모두 천하를 종횡하던 역전의 고수들이다.

모두가 일당백이 넘는 무시무시한 고수들이라 어디에도 체념의 빛은 보이지 않았다.

"형제들! 오늘에야 녹림의 개들을 모조리 쓸어버릴 절호의 기회가 온 듯하외다!"

"하하하! 놈들이 수장당하기로 작심한 듯하니 소원대로 해줍시다!"

무림인들은 하나같이 당당했고 그만큼 자신도 있었다.

절정고수 삼백이면 삼만, 아니, 그 이상의 군대도 능히 물리칠 수 있는 전투력이다.

무림의 고수들은 녹림십팔채의 배가 다가오길 기다리며 전투태세에 돌입했다.

무림인들은 자신들 쪽으로 다가오는 녹림십팔채의 배를 보며 이를 갈았다.

'야차 같은 놈들! 어디 한 번 와봐라!'

모두 물속에 있는 상태라 어차피 선제공격은 어려웠다.

그렇다면 배가 최대한 가까이 올 때까지 기다렸다가 단숨에 승부를 결정지어야 한다.

"형제들! 승부는 초전박살이오!"

"당연하죠! 인정사정없이 단숨에 저놈들을 꺾어버립시다!"

다가오는 배를 바라보던 무림인들의 눈이 휘둥그레졌다.

'어? 뭐지?'

밤하늘 한편이 환해지더니 어디선가 날아온 불화살이 포물선을 그렸다.

슈슈슈우~

녹림십팔채의 수적선 위로 불비가 내리는 장면이 무림인들의 눈에 들어왔다.

날아온 불화살들이 수적선에 박혔다.

퍼퍼퍽!

곧바로 불화살의 표적이 된 수적선에서 화염이 치솟았다.

화악! 화르르!

누군가 녹림의 수적선을 불화살로 공격하고 있는 게 분명했다.

수적선마다 불을 끄려는 움직임이 분주했고, 일부는 배를 버리고 물로 뛰어들었다.

그랬다.

녹림십팔채의 수적선은 여느 배와 달리 하부에 구멍을 낼 수 없는 구조였던 것이다.

수적선의 바닥은 역청을 먹인 갈대로 되어 있어 가볍고 물에 잘 뜨며, 빠르고 절대로 침몰되지 않는 구조였던 것이다.

그런 이유로 보이지 않는 적은 수적선 공략 방법으로 화공을 택한 것이다.

사실 수적선이 무림인들을 향해 다가온 건 무림인들을 구조하기 위해서였다.

녹림 총표파자 벽혈무는 앞서가던 무림인들이 탄 배가 속속 기울고 침몰하기에 이르자 부하들에게 명령을 내렸다.

"우리의 친구 목 대협을 구하라!"

십팔채의 채주들은 진심으로 목탁을 좋아했기에 전속으로 배를 몰았다.

그런데 보이지 않는 적이 화공으로 수적선을 공격하자 구조는 뒷전이 됐다.

'흉계를 꾸민 게 녹림이 아니라면 도대체 어떤 간덩이 부은

놈이 정사를 막론하고 이렇게 마구잡이로 암습을 가한단 말인가?'

비로소 사태를 제대로 파악한 무림인들은 불화살이 날아오는 방향을 살폈다.

불화살은 수로 건너편의 오른쪽 대숲에서 튀어나오고 있었다.

"저기 오른쪽 대숲이다!"

누군가가 외침과 동시에 물속에 잠겨 있던 무림인들이 물 위로 튀어 올랐다.

튀어 오른 무림인들은 모두 물을 박차고 대숲으로 신형을 날렸다.

모두 한겨울 눈 위를 달려도 발자국을 남기지 않는 답설무흔도 가능한 고수들이었다.

第九章

임을 위해서

촤촤촤촤!

강호 최고의 무사들에게 장력이 있는 물 위를 달리는 수상비는 그리 어려운 일이 아니다.

무사들이 속속 대숲에 도달하였으나 암습자들은 이미 빠르게 모습을 감춘 뒤였다.

적들은 주도면밀하게 행동하며 바람처럼 빠르게 이동했다.

그 모습에서 엄격한 체계에서 고도로 집중된 훈련을 받은 집단이라는 결론이 나온다.

대숲을 살피던 무사 한 명이 날카로운 비명을 지르며 허공으로 몸을 날렸다.

"암기다!"

파파파팟!

무림인들을 노리고 날아온 암기는 대나무 잎이었다.

고수들은 금속성 암기의 살기는 빠르게 눈치챈다.

그러나 나뭇잎을 암기로 쓰면 위험을 감지하기가 쉽지 않다.

나뭇잎이라고 해도 속도가 실리면 가공할 위력을 발휘한다.

대나무 잎이 허벅지 깊숙이 박히기도 하고 팔뚝을 관통하기도 했다.

암습자들은 그 점을 노리고 대숲 전체에 진을 쳐 암기가 작동되도록 설계해 놓은 것이다.

암기는 무차별적으로 쏘아져 강호의 일류고수라 할지라도 모두 쳐내고 피하는 게 불가능했다.

퓨퓨퓻!

"에익!"

"이런 우라질!"

천하의 고수들이 각자 도생하기 급급한 안타까운 상황에 처했다.

악천마후 천마천은 분노로 치를 떨며 이를 갈았다.

"크아아아아! 이 쥐새끼 같은 놈들! 본 교주가 살아 있는 한, 아니, 죽더라도 반드시 네놈들의 정체를 밝혀내어 간을 도려내고 심장을 씹어 먹을 것이다!"

물론 그는 만독불침에 금강불괴의 몸이다.

이런 암기 따위로는 털끝 하나 상하지 않는다.

하지만 창연대 암습부터 배 침몰과 대나무 숲의 암습에 이르기까지 속수무책으로 당했다.

그가 마교 집단을 이끌고 전 무림을 상대할 때도 이렇게 열받진 않았다.

그때는 적어도 적이 분명했다.

누구를 공격하고 피해야 할지 분명한 선택과 결정이 있었다.

지금 분노가 치미는 건 적을 알 수 없다는 것 때문이었다.

*　　　*　　　*

무림인들은 불을 진화한 녹림십팔채의 수적선을 나누어 타고 항주 시내로 이동했다.

목탁은 무림인들과 내일 정오의 회동을 기약하고 수군 기지로 향했다.

시간은 자시를 한참 넘어 축시 중반인데, 아직도 홍등가의 화려한 불빛은 휘황찬란했다.

'후~ 시내에 나온 게 얼마 만이지?'

목탁을 뒤따르는 조비비는 온갖 사념으로 머릿속이 복잡했다.

오늘 밤은 이렇게 지나가지만 내일은 어떤 일이 벌어질지 생각하면 한숨만 나왔다.

물론 지금까지 자신의 뒤를 봐준 하오문주에 대해서 숨길 생각은 없다.

그러나 하오문은 특성상 지역마다 문주가 다르다.

그리고 조비비는 그동안 자신을 지원하던 하오문주에 대해서 자세하게 아는 바가 없었다.

수사대는 그 점을 깊게 파고들 것이고, 자신은 말할 게 없다.

'아는 대로 다 말해도 결국 제대로 모른다는 얘기네.'

아무리 생각해도 중요한 비밀을 숨기고 있다는 오해를 받을 게 빤하다.

자신도 납득 못 하는 설명에 수사대가 만족하고 그냥 넘어갈 리 없다.

사념에 빠져 목탁을 뒤따르던 조비비는 문득 뭔가 이상하다는 생각이 들었다.

'어? 이 길은 수군 기지로 가는 길이 아닌데……?'

그랬다. 수군 기지는 오던 길에서 곧바로 가야 하는데 목탁과 추대평은 조금 전 수로가 시작되는 길에서 수군 기지 옆으로 난 산자락으로 이어지는 약간 비탈진 길로 접어들었다.

두 사람은 약속이나 한 듯이 아무 말 없이 묵묵히 빠른 걸음으로 걷기만 했다.

두 사람의 표정이 어딘가 굳어 보여서 뭐라고 물어보기도 좀 그랬다.

사실 지금 목탁의 마음속은 조바심으로 가득 차 있어서 미처 조비비에게 자신의 사정을 설명할 정신이 없었다.

창연대에서 시간이 지체했다는 생각 때문이었다.

'날이 밝기 전에는 전서구를 날리지 않겠지?'

예정대로라면 전서구는 어제 아침에 날렸을 것이다.

그러나 수군 기지 총관은 부관 위수천을 살해한 부하들을 심문한 내용도 같이 보고서를 올리라고 했다.

그래서 전서구를 날리는 것이 하루 연기된 것이다.

그 하루를 속절없이 기다리는 것은 생각보다 애타는 일이고 시시각각 조바심이 일었다.

보이지 않는 적의 기습으로 어려움에 놓였을 때, 목탁은 제일 먼저 매사냥꾼을 떠올렸다.

만에 하나 자신이 늦거나 매사냥꾼이 전서구 사냥에 실패하면 어쩌나 하는 걱정으로 오는 내내 초초한 마음이었다.

아직 새벽이 되려면 좀 더 있어야 한다.

서편 산기슭에 걸린 달이 넘어가면 곧 동이 틀 터였다.

목탁은 다행이라고 생각하며 언덕을 오르는 걸음에 속도를 높였다.

'매사냥꾼이 전서구 잡는 걸 꼭 성공해야 하는데……'

수군 기지가 내려다보이는 언덕에 다 오를 때까지 조비비는 솟구치는 궁금증을 꾹 눌렀다.

조비비는 사실 궁금증보다는 목탁과 이렇게 같이 걷는 게 기분 좋았다.

생각해 보니 자신에게는 사내와 같이 거리를 거닐어본 기억이 없었다.

철모르던 시절 동네 꼬마들과 어울리던 것 외에는 떠오르는 추억이 없었다.

열한 살에 아버지 손에 이끌려 기루에 팔려 간 뒤로 사내를 원망하고 저주했다.

기루에서 사내를 알게 된 이후 흠모하던 사내가 몇 있었으나, 어디까지나 그건 기루 안에서의 일탈이었다.

언젠가 진정으로 좋아하는 정인이 생기면 같이 저잣거리도 거닐어보고 꽃길도 걸어보리라.

그런 상상의 나래를 펴본 적도 있었지만 그건 말 그대로 상상일 뿐이었다.

그런데 지금 머리카락을 잘라 신을 엮어주고 싶은 남자와 같이 걷고 있다.

어쩐지 콧노래라도 부르고 싶은 기분이다.

'흠흠~'

조비비는 자신도 모르게 잠시 콧노래를 흥얼거리다 스스로 화들짝 놀랐다.

'내가 미쳤지. 지금 무슨 경사가 났다고……'

수군 기지 객사에 가봐야 잠자는 것 외에 달리 할 일도 없을 터이다.

이런저런 대화라도 나누면서 걸으면 더 좋겠지만 특별히 나눌 이야기도 없지 않은가?

다짜고짜 '나는 목 대협이 좋아요', 이렇게 말할 수도 없고, 그렇다고 개인 신상에 대한 탐구를 할 만큼 개인적인 관계도 아니다.

어쨌거나 지금 같이 걷고 있는 이 남자가 마음속으로 연모하는 임이다.

임과 함께 가는 길인데 언덕이면 어떻고 가시밭길이면 어떠랴?

그런 생각 때문인지 가파른 언덕길이 조비비는 하나도 힘들지 않았다.

생각 같아선 말 한마디 나누지 않더라도 밤새 이렇게 걸으면 좋겠다고 생각했다.

'어? 어디 갔지?'

언덕 위 한 지점에 이르자 목탁과 추대평은 서로 얼굴을 마주 보고 동시에 주위를 빠르게 둘러보았다.

주위를 살피는 목탁과 추대평의 얼굴에 당황하는 기색이 역력했다.

그도 그럴 것이 목을 걸고 철석같이 사냥을 장담하던 매사냥꾼이 보이지 않는 것이다.

목탁과 추대평은 조비비가 곁에 있다는 것도 의식하지 못하고 정신 나간 사람들처럼 주위를 두리번거리며 허둥거렸다.

두 사람은 한참 동안이나 언덕 주위를 오르내리며 이리저리 뭔가를 살피고 돌아다녔다.

조비비도 뭔지는 모르지만 두 사람이 뭔가를 찾는 것 같아서 뭐라도 눈에 띄길 기대하며 열심히 주위를 살폈다.

"저어, 무얼 찾는지 여쭤봐도 될까요?"

결국 조비비가 궁금증을 참지 못하고 질문하자 목탁이 난색을 표했다.

"아, 저어… 그, 그게… 사, 사람이 안 보여서……."

"사람이요? 어떤……?"

목탁의 대답이 조비비의 궁금증을 배가시켰다.

이런 시간에, 이런 곳에서 어떤 사람을 찾는 걸까?

목탁이 대답하는 대신 추대평이 울화통을 터뜨렸다.

"형! 그 작자가 돈 먹고 튄 게 틀림없어!"

"그, 글쎄, 그럴 사람 같지는 않았는데……"

"그러게 한 번에 그런 큰돈을 주는 게 아니었어!"

"무슨 사정이 생겨서 잠시 어디를 간 게 아닐까?"

"사정은 뭔 사정? 사냥 실패하면 목을 내놓겠다고 했으니 그냥 날아버린 거지."

"아, 아직 날이 밝진 않았으니까 좀 기다려 보자."

"에효~ 돈 깨지고 완전 새 되는구먼."

비로소 조비비는 어떤 상황인지 사태 파악이 됐다.

누군가 자신이 연모하는 임의 피 같은 돈을 먹고 튄 게 분명했다. 그자가 누구든 당장 잡아다 연모하는 임에게 바치고 싶었다.

조비비는 어떻게든 연모하는 임의 힘이 되어야겠다고 작심했다.

"대협님, 항주 시내엔 제 눈과 귀, 수족으로 부릴 수 있는 인력이 제법 있습니다. 그자의 인상착의와 용모를 알려주시면 단시간 내에 행적을 파악할 수 있을 겁니다."

지푸라기라도 잡고 싶은 목탁에게 조비비의 말은 가뭄의 단비와도 같았다.

목탁은 간략하게 저간의 사정을 설명하고 조비비의 협조를 당부했다.

"매사냥꾼을 찾아만 주시면 그 은혜는 평생 잊지 않겠소이다."

조비비는 하늘을 날아갈 것 같은 기분이 되었다.

자신이 연모하는 임을 위해서 뭔가 할 일이 생긴 것이다.

사람을 풀면 시내에서 사람 하나 찾는 건 그리 어려운 일이 아니었다.

"이야기를 듣고 보니 사람을 찾는 것도 중요하지만, 그보다는 전서구를 잡는 게 더 중요한 일이겠네요."

역시 산전수전 다 겪은 창연루의 운영자답게 조비비는 중요 사안을 놓치지 않고 챙겼다.

"그렇습니다. 사람을 찾아도 매가 없다면 허사이지요."

"그렇다면 만약을 대비한 계획도 세우시는 게 좋겠어요."

"그, 그렇긴 하지만 이 새벽에 매사냥꾼을 구하는 게……."

"중요한 건 전서구를 잡는 것이죠? 그 방법이 매든 화살이든 무엇이든지요."

"아, 그건… 예, 그렇습니다."

목탁은 허둥거리는 자신에 비해 사태를 냉철하게 판단하는 조비비의 일 처리 방식이 맘에 들었다.

추대평은 평소 하늘같이 우러러보던 대주인지라 그저 감탄하며 고개만 끄덕였다.

'역시 천하제일 기루를 운영해서인지 똑소리 나는구나.'

"시간이 급하니 일단 시내로 내려가면서 자세한 이야기를 나누도록 해요."

졸지에 조비비가 사건의 진두지휘자가 되어서 목탁과 추대평에게 지시를 내렸다.

"추 대협은 제일항주교 건너편에 있는 부용루로 가세요. 루주에게 이 신패를 보이고 매사냥꾼 수배령을 내리라고 하세요. 매사냥꾼을 찾게 되면 곧바로 이 언덕으로 데리고 오라고 하세요. 아, 눈 빠르고 손 빠른 아이도 몇 명 챙겨서 수군 기지로 보내라고 해주세요."

"알겠습니다."

"그리고 조촐한 연회를 열 거니까 동이 트면 숙수와 음식 재료, 기녀들을 수군 기지 객사로 보내라고 해요."

"예, 분부대로 하겠습니다."

추대평은 조비비가 건네준 신패를 품속에 갈무리하고 시내로 내달렸다.

조비비는 내달리는 추대평의 뒷모습을 보고 왠지 으쓱하는 기분이 들어서 목탁을 바라보며 싱긋 웃었다.

목탁도 그녀의 미소에 적이 마음이 놓이고 편해져서 환하게 웃었다.

"대주 덕분에 어둠 속에서 빛을 찾은 기분입니다."

그 말에 조비비는 온몸에 짜릿한 쾌감을 느꼈다.

연모하는 마음을 어떻게 다스릴지 전전긍긍하던 차다.

뭔가 인연이 되려니까 하늘이 돕는 기분이 들었다.

"목 대협은 저와 같이 수군 기지로 가시죠. 가서 장도를 떠나기 전에 조촐한 송별 연회를 마련한다고 하시고 제 소개를 해주세요. 제가 대접하는 연회라면 아마도 마다하진 않을 거예요."

"대주께서 이리 세심하게 신경 써주시니 제가 어찌 감사를 드려야 할지 모르겠습니다."

"제 목숨을 몇 번이나 구해주셨는데 조금이나마 도움이 되면 좋겠어요."

수군 기지 부근의 부두에서 조비비는 자신이 구상한 계획을 목탁에게 늘어놓았다.

"먼저 기지에 가셔서 전서구를 언제 날리는지 확인하도록 하세요."

"예, 알겠습니다."

"그리고 날이 밝기 전에 송별연 계획을 알리도록 하세요."

"예, 그렇게 하겠습니다."

"송별연이 준비되는 동안 우리 아이들이 전서구로 보내는 문서를 손에 넣을 거예요."

"그, 그걸 어떻게……?"

"그건 그냥 저에게 맡겨두세요."

목탁의 입장에선 사실 맡겨두는 방법 외엔 다른 수가 없었다.

*   *   *

목탁이 수군 기지에 도착한 건 아침 해가 해수면 위로 막 머리를 내민 시각이었다.

목탁과 조비비가 수군 기지에 나타나자 작은 소란이 일어났다.

목탁은 잠에 푹 빠진 탁상계를 깨워 긴급하고도 중대한 보고를 했다.

"출발하기 전에 창연루 루주를 모시고 송별연을 열고자 합니다."

잠이 덜 깬 탁상계가 처음엔 짜증을 부리려고 했으나 눈이 확 뜨이는 보고에 입이 귀에 걸리고 코가 벌름거렸다.

창연루는 일반 서민은 물론 어지간히 행세하는 졸부들도 명함을 내밀기 어려운 곳이다.

그런데 목탁이 황궁으로 떠나기 전에 객사에서 송별연을 열겠다고 한다.

그렇지 않아도 여독이 채 풀리기도 전에 황궁으로 떠나야 하는 일정이라 피곤했다.

송별연만 해도 기분이 괜찮은데 천하제일기루 창연루의 특별 송별연이란다.

그 증좌로 창연루의 루주가 지금 친히 수군 기지에 왕림하셨단다.

세상에 이렇게 황송할 데가 있나?

소문으로만 듣고 상상으로만 떠올려 볼 수 있는 천하제일미녀 조비비가 오셨다.

"목 대협님께서 해적 섬멸에 큰 공을 세우신 수군 장수님을 위한 연회를 부탁하셨습니다. 존경하는 장수님들을 모시는데 실수 없도록 연회장을 꾸미고 음식을 제대로 준비하려고 부득불 이른 시간에 찾아온 결례를 용서하시기 바랍니다."

조비비가 은 쟁반에 옥구슬 구르는 목소리로 기지 총관에게 용서를 구했다.

"캬하하! 이런 결례라면 백 번을 더 해도 무방하외다."

입이 귀에 걸린 총관 방야호는 손수 연회장이 될 장소로 안내를 자처했다.

"루주께서 친히 오셨으니 내가 안내하는 게 도리겠지요."

반 시진도 지나지 않아 숙수와 기녀들, 음식을 실은 마차가 속속 도착했다.

음식은 한눈에 봐도 최고급이라는 걸 알 수 있었다.

술 단지에 붙은 표를 보니 시중에선 구하기도 힘든 최고의 미주들이었다.

마차에서 내리는 기녀들도 늘씬, 날씬, 통통, 하나같이 예쁘고 품격 높은 기녀들이었다.

위수천 대신 직무를 수행하는 탁상계를 비롯한 기지의 장수들은 모두 입이 헤 벌어졌다.

특히 탁상계는 창연루주를 모시고 온 목탁의 탁월한 능력을 높이 평가했다.

이 정도 연회를 준비하려면 기와집 한 채 값이 넘는다.

'저 친구, 해적질로 많은 돈을 모은 게 틀림없어. 일단 친하게 지내고 수틀리면… 흐흐.'

탁상계는 평소에 술을 좋아하고 가끔씩은 미녀와의 대작을 염원했다.

그러나 초급 장수 녹봉으로는 꿈도 꾸지 못할 일이다.

그동안 해적 섬멸이다 뭐다 해서 훈련에 출전에 정신없이 바빴다.

'고생 끝에 낙이 온다더니 작전 끝나니까 이런 호사도 누리는구나.'

연회가 벌어지기도 전에 기분이 좋아진 탁상계 곁으로 목탁이 다가왔다.

"이거 장도에 오르기 전에 드리려고 했는데, 연회에서 취하면 혹시 잊어버릴까 봐 지금 드려야겠습니다."

"이게 뭐죠?"

목탁이 건넨 묵직한 자루를 받아 열어보니 열 냥짜리 황금이다.

생전 구경도 못 해본 거금에 탁상계의 손이 부들부들 떨렸다.

"가는 동안 필요한 것들 챙기시고 용돈으로 쓰십시오."

항주가 수로와 홍등으로 유명한 건 누구나 다 아는 사실이다.

항주는 대륙 전체에서 물산과 사람이 가장 넘쳐 나는 곳이며 수로를 통한 내륙의 물류와 육로를 통한 물류의 집결지이다.

그뿐 아니라 예로부터 해로를 통한 국제 무역항이자 수산업의 대명사이기도 했다.

천하의 부가 모이고 천하의 물류가 분배됨에 따라 사람도 모이고 흩어진다.

'말은 초원에서 구하고 사람은 항주에서 구하라'란 말도 있을 정도이다.

황궁의 요리보다 더 많은 종류의 음식과 조리법이 있는 곳이 항주였다.

그것은 수많은 기루들이 저마다 독특한 요리를 개발하여 미식가들의 발걸음을 끌어들이려고 노력해 왔기 때문이다.

'항주의 요리를 모른다면 요리를 논하지 마라!'

일류 숙수가 되려면 반드시 항주의 유명 객잔이나 기루의 숙수에게 사사해야 한다.

최고의 숙수들이 반드시 거쳐 가는 곳이 바로 항주였다.

항주엔 구직자만큼이나 구인자도 많았다.

항주가 그만큼 다양한 종류의 사람이 드나드는 곳이기 때문이다.

그런 이유로 항주에는 천하의 눈과 귀가 쏠려 있고 소문도 바람처럼 빠르게 퍼진다.

'서안 석 달, 항주 사흘!'

대륙의 그 어디든지 항주의 소식은 사흘이면 전파된다.

실제보다 과장된 말이지만 그만큼 빠른 건 사실이었다.

조직의 안녕과 생존에 필요한 건 돈이나 인력보다 정보이다.

'어느 시대든 정보를 손에 쥔 조직이 시대를 장악하고 살아남는다.'

그래서 강호의 모든 문파는 반드시 항주에 연고를 만들고 지부를 두려 하였다.

세상에 호기심이 많은 신진 무사들은 모두들 항주 근무를 자원하였다.

천하를 주유하지 않아도 천하의 무림인을 가장 많이 접해

볼 수 있기 때문이다.

남자라면 항주로!

재능 있는 여자라면 항주로!

장사를 배우려면 항주로!

일류 숙수가 되려면 항주로!

천하의 인재와 여자, 학문과 돈이 어우러지는 곳이 바로 항주였다. 천하제일이 몰려 있는 곳이 항주라고 해도 과언이 아니었다.

예로부터 항주에 가는 사람은 이런 말을 귀 따갑게 들었다.

'항주에선 아무것도 자랑하지 마라!'

*　　　　*　　　　*

아미파 역시 항주 외곽에 수련장이 있고 중심가엔 도관을 운영하고 있었다.

아미파뿐만 아니라 구파일방 모두 항주에 지부를 두고 있었다.

도관에 여장을 푼 니파진니는 객실에 누운 채 깊은 생각에 빠졌다.

'아무리 생각해도 모를 일이야.'

창연대에서 벌어진 일을 하나씩 곱씹으며 되뇌어보는 그녀의 표정은 매우 어두웠다.

창졸간에 벌어진 일이라 놀라기도 했지만 그보다 충격적인 건 목탁의 등장이었다.

'혹시 목 대협의 사부가 더 있는 걸까?'

목탁이 선보인 신법은 분명히 부동명왕보(不動明王步)였다.

부동명왕보는 불문의 절세 보법의 하나로 이정제동의 묘리를 담고 있는 보법이다.

다시 말해 움직이지 않으면서 가장 빨리 움직이는 보법이라고 할 수 있었다.

부동명왕은 불교 오대존명왕의 하나로 대일여래가 일체의 악마와 번뇌를 항복시키기 위해 변화하여 분노한 모습을 나타낸 것이다.

얼굴색은 검고 노한 눈을 하고 있으며, 왼쪽 눈은 가늘게 뜨고 오른편의 윗입술을 물고 있다. 오른손에는 항마의 검을, 왼손에는 오라를 갖고 있으며 보통 큰 불꽃 속에 앉아 있다.

그 모습을 보통 부동존이라고도 한다.

'푸른빛이 선명했지.'

부동명왕보는 전설 속의 신법으로 알려져 있다.

서책에는 기록되어 있으되 실제 신법의 완성자는 지금까지 없었다.

그래서 이론상의 신법으로만 알려졌고, 대성은 불가하다고

들 말했다.

서책에는 운용자가 12성 대성을 이루면 푸른빛의 움직임으로 보인다고 했다.

니파진니는 그 실체를 자신의 눈으로 확인한 것이다.

거기까지만 해도 엄청난 일이고 충격적인 사건이다.

'틀림없이 우리 아미파랑 어떤 인연이 있는 게야.'

니파진니가 더 놀란 건 목탁이 연이어 보인 보법이 모두 아미파의 비전보법인 까닭이었다.

자신의 눈이 틀리지 않았다면 목 대협은 부동명왕보에 이어 금정신법(金頂身法), 구전환영보(九轉幻影步), 한매보(寒梅步)를 선보인 것이 틀림없었다.

'정말 놀라운 일이야. 마지막을 장식한 건 '주비홍삼십육격' 같은데 누구에게 배웠을까? 광비신수의 제자라 했지? 그렇다면 광비신수가 아미파의 무공을 완벽하게 시전했다는 얘긴데……. 그건 그렇고, 창연대의 암기는 누가 장치한 걸까?'

사실 니파진니의 표정이 어두운 건 바로 그 암기술 탓이었다.

자신의 눈에는 그 암기술이 분명히 아미파의 절기인 금광신망(金光神芒)으로 보였다.

'설마 우리 아미파의 제자가 그 암습에 관련되기라도 한 걸까?'

그렇다면 정말 큰일이다.

속가제자라 해도 무림의 공적이 되는 걸 피할 길이 없다.

아미파의 인물이 아니라면 다행이지만 도대체 누가 무슨 이유로 아미파의 무공으로 무림인들에게 암습을 가한단 말인가?

이래저래 궁금한 것도 많고 암기술 때문에 잠이 오지 않는 불편한 밤이었다.

니파진니는 몸을 뒤척이며 내일을 기약했다.

'날이 밝으면 목 대협에게 확인해야겠어.'

오대세가도 표국과 연계하여 항주에 자신들의 눈과 귀가 되어줄 연을 확보해 두고 있었다.

그 점은 녹림십팔채와 마교도 마찬가지였다.

비단 유명 문파가 아니더라도 항주의 풍문에는 모두 귀를 기울였다.

따라서 항주의 하오문은 정사 불문하고 모든 세력과 복잡하게 얽혀 있었다.

하오문, 그 세계는 안을 들여다봐도 실체를 알기 어려운 복마전이었다.

조비비가 대외적으로 하오문의 문주라는 소문이 있지만 항주 전체의 하오문을 움직이는 건 아니었다.

대부분의 하오문 조직에서 불문율로 통하는 철칙과도 같은 게 하나 있다.

'무림인은 끌어들이지 않는다.'

하오문은 무공을 기반으로 하는 조직이 아니다.

생존을 위해서 무력을 행사하기도 하지만 대부분 자구책으로 무력을 사용한다.

그것도 좀 거친 정도의 주먹다짐이 대부분이다.

만일 무림인이 개입되면 피를 부르고 당한 쪽은 복수를 할 것이다.

그리되면 어느 한쪽이 완전히 파국에 이르게 된다.

하오문은 스스로를 지킬 힘이 없기에 언제나 생명의 소중함을 강조한다.

'돈은 귀하다. 그러나 목숨이 더 귀하다.'

하오문은 명예나 권력보다는 대부분 돈과 생존을 위해서 운영되는 집단이다.

대부분 짧고 굵게 사는 것보다 가늘고 길게 살기를 원한다.

그래서 대외적으로 하오문과 무림의 드러난 결탁은 찾아보기 힘들었다.

그러나 모든 하오문은 암암리에 무림의 세력과 연결되어 있었다.

그렇다고 해서 절대적인 명령과 복종의 관계를 만들지는 않는다.

'도움은 청하되 명을 받진 않는다.'

명을 받으면 따라야 하고, 결국엔 버려진다는 것을 잘 알기 때문이다.

하오문은 믿음이 아니라 의심으로 존재하는 집단이다.

'모든 것을 의심하라! 배신은 믿음에서 나온다!'

무림인들은 하오문을 정보 수집 차원에서 이용하는 것뿐이다.

만약 하오문과의 결탁이 드러나면 손가락질당하고 경원시되기 때문이다.

바로 그런 틈을 노리고 녹림과 마교는 하오문을 깊숙이 파고들어 자신들의 비밀 기지로 만들고 수족으로 부리는 경우가 많았다.

그런 경우 하오문주는 대부분 비참한 최후를 맞이하곤 했다.

시간이 흐르면 원치 않는 일을 청부받는 일이 발생하고 거역하면 응징을 당하는 것이다.

바로 창연루의 주인 조비비가 누군가의 수족이 되었기에 비참한 지경에 놓인 것이다.

수군 기지의 송별연은 정오에 맞춰 열기로 했다.

송별연 장소는 객사 마당에 차양 막을 쳐서 마련하였다.

조비비는 연회 장소에서 연회 준비를 진두지휘하면서 서찰을 탐색했다.

조비비의 명으로 불려온 눈 빠르고 손 빠른 아이들은 발도 빠르고 냄새도 잘 맡았다.

그들은 항주 최고의 일급 신투들답게 수군 병사복으로 변복하고 제 집 드나들듯이 다니며 수군 기지를 속속들이 뒤져 부탁받은 물건을 정확하게 찾아냈다.

반 시진도 못 되어 조비비가 목탁의 손에 작은 서찰 하나를 쥐여주었다.

第十章
명검의 행방

"내용이 맞나 확인해 보세요."

목탁은 조비비가 건네준 서찰을 펼쳤다.

펼쳐진 서찰은 손바닥보다 작은 크기였다.

서찰이 작은 건 전서구의 발목에 작은 대롱을 달고 그 안에 넣어야 하기 때문이다.

예상대로 탁상계는 위수천의 죽음과 부하들의 감금에 대해서 사실대로 기록했고, 목탁과 황궁으로 가는 일정과 도착 예정 및 귀대 일정까지 자세하게 적어놓았다.

'이 서찰이 조자영 손에 들어간다면 어떻게 될까?'

그런 생각을 하다 목탁은 퍼뜩 놀라며 허둥거렸다.

"이 서찰이 어, 없어진 걸 알면 나, 난리가 날 텐데……."

"그럴 일은 없어요. 제가 드린 건 원본을 베껴 온 거니까
요."

"에? 그, 그럼 저, 전서구를 날리면… 어, 어서 원본을……."

놀란 목탁은 조금 전보다 더 허둥거렸다.

그러나 조비비는 빙긋 웃으며 목탁을 안심시켰다.

"원본도 곧 받아 보실 테니까 걱정하지 마세요."

"그, 그럼 원본이 없으면… 난리가……."

이래도 걱정, 저래도 걱정, 목탁은 좌불안석이었다.

조비비는 당황하여 허둥대는 목탁의 모습이 귀엽게 느껴졌다.

"후훗! 원본이 사라져도 원본이 사라진 걸 모를 거예요."

"예? 어, 어떻게요?"

목탁은 조비비의 말이 무슨 뜻인지 이해가 되지 않았다.

조비비는 설명하는 대신 잠시 연회장 밖을 살폈다.

"아, 저기 오네요."

수군 병사복을 입은 사내 하나가 주위를 살피며 빠른 걸음
으로 다가왔다.

그는 품속에서 비둘기 한 마리를 꺼냈는데 발목에 갈대 대
롱이 달려 있다.

대롱 속에서 조금 전에 본 것과 같은 내용의 작은 서찰이

나왔다.

"아아, 다행입니다. 그런데 전서구를 어떻게 잡은 거죠?"

"후훗! 매도 없이 어떻게 잡겠어요?"

"잡은 게 아닌가요?"

"전서구를 모두 바꿔치기했답니다. 우리 쪽에서 길들인 비둘기니까 다른 데로 갈 일이 없죠."

"아, 그, 그런 방법을……."

목탁은 조비비의 일 처리 방식에 감탄했다.

"대주 덕분에 한시름 덜었습니다."

"창연대가 무너졌으니 대주라는 호칭은 쓰지 말아주세요."

"아, 죄, 죄송……. 그럼 뭐라고 불러야 할지……."

"그냥 비비라는 제 이름을 불러주세요."

조비비는 연모하는 임에게 이름으로 불리고 싶었다.

"비비 님, 이 은혜는 절대로 잊지 않겠습니다."

"아이, 촌스럽게 비비 님이 뭐예요?"

조비비가 눈을 흘기며 투정부리는 투로 몸을 꼬았다. 그녀의 주특기인 사내를 녹이는 교태 중 하나였다.

그러나 목탁은 그저 조비비가 살짝 이상하다고 생각했다.

"에? 방금 이름으로 부르라고 하셔서……."

"님 자는 빼주세요."

"비비… 이렇게요?"

조비비는 함박웃음을 지으며 볼을 붉혔다.

목탁은 탁상계를 찾아가 자루 하나를 건네며 총관과의 면담을 부탁했다.

경험상 배달 사고를 예방하고자 탁상계에게 작은 자루 하나를 더 건넸다.

잠시 뒤, 탁상계가 총관과의 면담이 준비되었다고 알려왔다.

총관은 송별연만 해도 기분이 좋은데 자루까지 받자 목탁을 최고 귀빈으로 대했다.

목탁은 간단하게 지난밤 창연대의 붕괴를 알렸다.

"원래는 창연대로 모시려고 했으나 여의치 않아서 이리되었습니다."

"허어~ 그런 불행한 일이. 협객들이 놀라고 루주가 크게 상심하였겠구먼."

총관은 창연대의 붕괴를 놀라워하고 애석해하며 목탁의 몇 가지 주문을 흔쾌히 수락하였다.

송별연이 준비되는 동안 조비비와 목탁은 많은 이야기를 나누었다.

이야기는 주로 조비비가 많이 했고 목탁은 듣는 편이었다.

"나는 처음부터 기루의 기녀보다는 기루의 주인을 꿈꿨어요."

"야아, 남자들도 그런 큰 사업은 엄두를 못 내는데 비비는 정말 대단하네요."

목탁은 그녀의 파란만장한 이야기를 듣는 동안 탄성을 발하며 감탄하였다.

목탁도 기루라면 나름 일가견이 있는지라 그 운영의 고단함과 억척을 잘 알고 있다.

"일류 기녀는 미소 짓되 헤프게 웃으면 안 된답니다."

"비비는 미소 짓는 모습이 정말 예쁘십니다."

목탁이 환하게 웃으며 말하자 조비비가 하얀 치아를 드러내며 미소 지었다.

"일류 기녀는 술을 마시되 취해서도 안 돼요."

"아, 그것도 쉽지 않네요."

천하제일기루의 기녀는 보통의 지혜와 강단으로는 되기 어려운 일이다.

비비는 목탁이 자신의 이야기를 경청하며 공감하자 속에 맺힌 이야기를 실타래 풀듯이 줄줄이 풀어냈다.

"비비는 처음 기루에 온 게 언제죠?"

"열한 살 때 아버지 손에 이끌려 팔려 왔죠."

"저런, 그렇게 어린 나이에……. 슬픈 일이네요."

"예, 처음엔 그저 슬펐죠. 부모 원망도 많이 하고 한 열흘 넘게 굶으면서 울기만 했어요."

조비비가 어린 나이에 기루에 팔려 간 이야기를 할 때 목탁은 마치 자신의 누이가 팔려 가는 것처럼 가슴이 아팠으며, 첫 기루 사업에 망했을 때 죽으려 했다는 이야기를 듣고는 자신도 모르게 눈물을 글썽거렸다.

'얼마나 마음이 아팠을까?'

목탁 자신도 도박으로 뜻밖의 돈이 생겼을 때, 좀 편히 먹고살기 위해 작은 객잔을 하나 운영하려고 투자했다가 쫄딱 망한 기억이 떠올라 잠시 가슴이 쓰라렸다.

'아, 진짜 그때 칵 죽어버리고 싶었지.'

목탁이 눈물을 글썽이자 조비비도 자신의 이야기에 몰입했다.

"그러다 운명을 받아들이기로 결심했죠. 그리고 목표를 세웠어요. 내가 기루에 팔려 온 게 돈 때문이니까 원 없이 돈을 벌어서 최고의 기루를 차리기로 한 거죠. 난 기루에 팔려온 게 아니라 최고의 기루를 세우기 위해 온 거라고 스스로 최면을 걸었어요. 그래야 비참한 마음에서 벗어날 수 있으니까요."

조비비가 작은 손을 움켜쥐고 단호한 표정으로 말하자 목탁도 주먹을 움켜쥐었다.

"잘 생각한 거예요. 잘했어요."

"그때부터 최고의 기녀가 되기 위해 악착같이 배우고 익히며 명성을 쌓아 올렸죠."

"뭘 그렇게 악착같이 배운 거죠?"

"일류 기녀가 되려면 배워야 할 게 한두 가지가 아니랍니다."

"음~ 기녀는 예쁘고 잘 웃고 그러면……."

수준 높은 기루 출입이 없던 목탁은 자기 수준의 기루를 떠올릴 수밖에 없었다.

"저는 최고의 악공에게 악기를 배우고, 최고의 명필에게 시, 서, 화를 사사했으며, 최고의 기녀에게 춤과 노래, 예절과 색공까지 전수받았답니다."

색공 이야기를 할 때 조비비는 얼굴을 심하게 붉혔다.

목탁도 잠시 상상하다 얼굴을 붉히고 헛기침을 하였다.

"험험, 비비는 자신에게 투자를 많이 했군요."

"그래요. 처음엔 배워야 할 건 많은데 돈이 없어서 막막했어요."

그 모든 일에는 돈이 필요하다는 건 상식이다. 세상에 공짜는 없다.

"돈을 마련하기 위해 몸이라도 팔고 싶었지만 그럴 순 없었죠."

조비비의 말에 목탁은 선선히 고개를 끄덕였다.

몸을 함부로 허락하는 기녀는 싸구려 취급을 당한다는 걸 잘 알기 때문이다.

소도 비빌 언덕이 있어야 뭐라도 할 수 있는 법이다.

"하지만 배경이 없는 나를 믿고 투자해 주는 사람은 아무도 없었어요."

어수룩한 졸부나 잘나가는 건달과 어울려 봐야 허름한 기루나 챙기면 그걸로 끝이다.

"어쨌든 돈 버는 건 모두 배우는 데 투자했어요. 덕분에 열아홉 살에 항주 최고의 기녀라는 명성을 얻었지요."

그러나 그런 명성만으로는 한계가 있었다.

규모가 있는 기루를 세우려면 그만큼 규모 있는 투자가 이루어져야 한다.

"화무십일홍이라는 말이 있잖아요."

조비비는 쓸쓸한 표정으로 그렇게 말했다.

재색과 명성이 사라지기 전에 최고의 기루를 세우려면 뭔가 특별한 방법이 있어야 했다.

"내가 선택할 수 있는 유일한 방법은 보이지 않는 손을 잡는 것이었죠."

"보이지 않는……?"

"세상을 움직이는 보이지 않는 힘이 있어요."

"아, 예……."

목탁은 보이지 않는 손이 누군지 궁금했지만 더 묻지는 않았다.

결국 그녀는 목숨을 담보로 악마와 계약을 맺은 것이다.

열아홉 살의 소녀는 야망이 커서 그때는 악마도 두렵지 않았다.

"그때는 자신 있었어요. 나중에 내 손으로 해결할 수 있다고 생각했죠."

수익은 거의 보이지 않는 손에게 들어갔지만 대부분 자신에게 재투자되었다.

창연루의 명성은 하늘 높은 줄 모르고 치솟았다.

강호의 재사와 협객들의 발길이 줄을 이었고, 홍등은 갈수록 휘황찬란해졌다.

"지난 10년간 모든 것이 좋았어요."

싸구려 기루처럼 취객의 난동 같은 건 있지도 않았다.

창연루는 화려하고 품격이 높았으며 손님들도 명성에 걸맞게 행동했다.

그러나 그것은 겉으로 드러난 창연루의 모습일 뿐 이면으로는 항상 은밀하고 비밀스러운 일이 진행되는, 소리 소문 없이 음모가 계획되고 암계가 펼쳐지는 복마전의 한복판이었다.

창연대는 관부와 무림은 물론 표국과 수산업자들까지 어우러져 온갖 세속의 이권과 청탁이 합을 맞추고 결렬되는 일반인들의 눈에 보이지 않는 이합집산의 산실이었다.

"관부로부터 운하 도선 사업을 승인받은 건 호랑이가 날개를 단 격이었죠."

도선 도박장의 매출이 기루보다 천 배나 높다고 했다.

천 배라는 말에 목탁의 입이 딱 벌어졌다.

"와아! 천 배나요?"

"예, 하룻밤에 천 채의 기와집이 왔다 갔다 하는 거죠."

"햐아, 도선 사업은 진짜 엄청나구나."

"그 많은 돈이 모두 어디로 가는지는 저도 잘 몰라요."

"에? 어, 어떻게 모를 수 있죠?"

"돈은 보이지 않는 손이 처리하거든요."

"아아, 그렇게……."

조비비는 도선의 드러난 주인이지만 실권은 전혀 없다는 것이다. 조비비는 창연대의 수익 일부만 자신의 몫이라고 했다.

목탁은 지쳐 보이는 그녀의 표정을 보고 불쌍하다는 생각이 들었다.

"그러니까 빛 좋은 개살구인 셈이네요."

"그렇죠. 그래도 돈에 욕심을 부린 건 아니라서 별 불만은 없었어요."

어느 쪽의 미움도 받지 않고 사업을 유지하는 건 보통 어려운 일이 아니다.

도선에서는 모두가 이익을 원할 뿐 아무도 손실을 반기지 않는다.

누군가의 손실은 곧 누군가의 원망이다.

원망은 복수의 칼이 되어 언제 되돌아올지 모른다.

철의 심장을 가지지 않았다면 피가 마르는 일의 연속이다.

 사실 보이지 않는 손이 모든 문제를 해결하기에 지금까지 별문제 없이 흘러온 것이다. 이야기가 무르익자 목탁은 처음부터 궁금하던 질문을 던졌다.

 "그런데 누가 창연대를 붕괴시킨 건가요?"

 "……."

 "그리고 명검은 누가 갖고 있나요?"

 "……."

 "말하기 곤란한 건가요? 말하기 곤란하면 안 하셔도……."

 "후우~"

 조비비는 대답 대신 한숨을 내쉬었다.

 "명검은 처음부터 무명검객에게 돈을 주고 꾸민 일이에요."

 "예? 그럼 진짜 명검이 아니라는 건가요? 왜 그런 일을……?"

 "전 그렇게 하라는 지시를 받고 따른 거고요."

 "그러니까 그… 보이지 않는 손이 시킨 일인가요?"

 "예, 맞아요."

 "그럼 검을 본 사람들을 죽인 건……?"

 "사람들에겐 검이 있다고 믿게 하고, 나에겐 따르지 않으면 죽는다는 경고를 하기 위함이죠."

 "그럼 창연대를 붕괴시킨 이유는 뭔가요?"

 "글쎄요, 내 짐작으로는 내 입을 막으려고 그런 걸로……."

조비비가 거짓말을 하는 것 같지는 않다.

"근데 그 명검은 지금 어디 있나요?"

목탁의 궁금증에 조비비는 고개를 좌우로 흔들었다.

"대충 짐작은 가지만 정확하지 않아서 말할 수 없어요."

사실 목탁은 명검의 행방이 궁금한 건 아니었다.

목탁의 명검에 대한 의문은 단 하나였다.

'그런데 명검이 있다고 사기 쳐서 뭘 얻으려고 한 걸까?'

그리고 조비비의 입을 막으려면 조비비만 죽이면 될 일이다. 무림인을 상대로 암습을 가했다는 건 어딘가 아귀가 맞지 않는다. 강호의 정세를 잘 모르는 목탁이 추리하는 건 한계가 있었다.

"세상엔 맑은 물이 흐르는 시내와 더러운 물이 흐르는 하수구가 있어요."

목탁이 추리에 골몰하자 조비비가 쓸쓸한 미소를 지으며 설명했다.

"중요한 건 세상엔 둘 다 필요하다는 거죠. 측간에 더러운 분뇨가 있지만 측간이 없는 세상은 생각하기 어렵잖아요. 보통 하오문은 꼭 필요하지만 사람들이 손가락질하는 그런 일들을 하죠. 하오문은 온갖 불법적인 일을 하지만 결코 사라지지 않아요. 세상에 꼭 필요하니까요. 필요악인 셈이죠. 웃기는 건 하오문은 고작해야 가장 고귀하고 깨끗한 척하는 권문세가의 노비이거나 심부름꾼에 불과하다는 거죠. 나는 가장 큰 하오문은 황궁이라고 생각해요."

목탁은 조비비의 말이 조금 지나치다고 생각했다.

목탁에게 진실을 털어놓은 조비비는 가슴이 후련한 기분이 들었다.

"루주님, 연회 준비가 다 되었습니다."

숙수가 연회 준비 완료를 보고한 시각은 정오를 반 시진 정도 앞두고였다.

약속대로라면 조비비는 항주 무림맹 지부로 가서 수사를 받아야 했다.

같은 시각, 무림맹 항주 지부엔 이미 각 파의 수사대원들이 당도해 있었다.

남궁후는 51인의 수사대와 다각도로 수사 방향을 논의하고 있었다. 논의가 무르익을 즈음, 초소장이 들어와 보고하였다.

"항주 수군 기지의 부관이 뵙기를 청하십니다."

뜻밖의 방문에 남궁후는 고개를 갸웃하며 부관을 맞이하기 위해 접객실로 나갔다.

"저는 총관님의 부관 종리걸이라고 합니다."

"무림맹 항주 지부장 남궁후입니다."

"총관님께서 강호의 협객들이 오셨다는 소식을 듣고 연회에 청하셨습니다."

"연회요? 무슨……?"

"지난밤에 무림인들이 창연대에서 참변을 당하신 걸로 알고 있습니다."

"아, 그, 그건……."

"총관님께서 특별히 위로하고 싶어 하십니다."

수군 기지 총관은 차기 제독 후보 1순위로 꼽히는 막강한 실권자다.

관부와 항주 무림맹 지부 관계를 생각할 때 초대 거절은 예의가 아니었다.

해서 수사대 첫 일정은 연회 참석이 되었다.

연회에 앞서 조비비는 차를 마련하여 목탁과 함께 총관을 면담하였다. 조비비는 신비로운 미소를 지으며 매혹적인 자태로 차를 따랐다.

"연회를 허락해 주셔서 감사드립니다, 총관님. 제가 목 대협께 입은 구명지은의 은혜를 조금이나마 갚게 되어 정말 다행입니다."

"허허허! 루주는 창연대가 붕괴되어 상심이 클 텐데 이렇게 보은을 하다니 대단하외다."

"목 대협께서 내일이면 황궁으로 먼 길을 가셔야 한다니 시간이 없어 준비가 소홀한 점을 용서하십시오."

"하하핫! 자고로 무장들의 연회는 술만 넉넉하면 문제 될
게 없소이다."

"총관님께서도 풍문으로 떠도는 명검 어장에 대한 이야기
는 알고 계시겠지요?"

"명검?!"

사실 총관은 명검에 대한 이야기는 금시초문이다.

무림인들은 눈에 불을 켜고 소문을 뒤쫓았지만 관부는 별
관심이 없었다.

두두두두!

수십 대의 마차가 줄지어 부둣가의 대로를 달려 한 방향으
로 향했다.

총관의 부관 종리걸이 무림맹 지부에 모여 있던 수사대를
비롯한 각 방파의 원로들을 마차를 동원하여 수군 기지로 모
시는 광경이다.

수군 기지는 입구에서부터 병사들이 창검을 세우고 내빈들
을 환대하는 풍경을 연출하였다.

"이쪽으로 가시지요."

무림인들은 종리걸의 안내를 받으며 객사로 들어섰다.

객사의 마당에 마련된 연회장을 보고 무림인들의 눈이 커
졌다.

차양이 쳐진 마당에 삼백 명이 넘는 상차림이 완벽하게 준

비되어 있었다. 한눈에 봐도 최상급의 연회였고, 이런 연회는 관부에서 준비하는 연회라고 볼 수 없었다.

연회 차림을 보고 대부분 이렇게 짐작했다.

'흠, 창연루에서 손을 썼군.'

총관 방야호는 손수 객사 입구에 나와서 무림 명숙들을 반갑게 맞아주었다.

"하하하! 총관 방야호가 인사 올립니다. 천하의 호걸들께서 왕림해 주시니 더없는 영광입니다."

남궁후는 들어오는 순서대로 총관에게 소개하였다.

"이분은 개방의 소화천 팔결장로이십니다."

"하하하! 개방은 언제나 자유롭고 호방하여 제가 정말 좋아합니다."

"이분은 아미파의 원로이신 니파진니 장로십니다."

"하하하! 뵙게 되어 영광입니다. 소장도 한때 도관에서 수련한 적이 있습니다."

총관 방야호는 녹림십팔채의 총표자와 채주들도 기꺼이 반겼다.

"하하하! 진짜 야생의 대장부들을 만나 뵈니 호연지기가 느껴집니다."

"호걸이라면 정사를 가리지 않고 흉금을 터놓고 대하신다고 들었습니다."

정오부터 시작된 송별연으로 수군 기지는 흥겨운 잔치 분위기였다. 조비비는 병사들의 먹을거리도 별도로 넉넉하게 마련하여 부족함이 없도록 하였다.

병사들은 때아닌 잔치에 웃음꽃을 피우며 즐거워했다.

"자, 풍악을 울리고 홍취를 돋워봅시다."

뚱따당~ 둥당~!

연회가 시작되기 전에 솜씨 좋은 악공들의 연주와 아름다운 무희들의 춤이 홍취를 한껏 돋우었다.

총관 방야호는 호걸풍의 인물로 고지식한 흑백논리보다는 대장부 기질로 사람을 평했다.

"자, 영웅호걸이 한자리에 모였으니 술을 따라라!"

총관이 호기롭게 외치자 시중을 드는 기녀들이 잔이 넘치도록 술을 따랐다.

방야호는 악당이라도 대장부라고 생각되면 허물없이 대하고 인정해 주어서 녹림과 마교의 인물들도 눈치 보지 않고 어울릴 수 있었다.

"하하하! 예로부터 영웅은 정사 구분 없이 흠모하는 게 무장들의 방식 아니겠소이까?"

"관부에 총관님 같은 무장이 있다는 게 믿기지 않습니다."

방야호는 초패왕 항우와 간웅 조조, 여포는 물론 소주의 영웅 장사성도 대장부로서 좋아한다고 하였다.

그만큼 그는 사소한 격식을 따지지 않았고 녹림과 마교의 인물들도 넉넉하게 환대해 주었다.

"대장부가 사귀는 데 어찌 정사를 따져 가며 흑백을 가리겠습니까? 지난밤에 안타깝게 창연대가 무너졌다는 비보를 들었는데, 그 자리에서도 정사 따지지 않고 한마음으로 구조 작업을 하였다고 들었습니다."

방야호는 목탁에게 들은 말을 그대로 옮기는 것이지만 말 그대로 무림사에 흔치 않은, 아니, 거의 전례가 없는 정사 연합 구조 작전이었다는 건 사실이다.

그 점에서는 무림인들도 나름 의미 있는 평가를 하였다.

"그런 일은 모두가 대장부이기에 가능한 일 아니겠습니까?"

방야호는 무림인들의 연공을 거론하며 자신의 대장부론을 재차 주창했다.

"이제 나라가 안정되고 세상이 평화로우니 대장부들은 정사 구분 없이 한마음으로 나라에 충성하고 심신 수양에 힘써야 할 때라고 봅니다."

탁상계가 술잔을 들고 일어나 건배를 제의하였다.

"자, 총관님과 영웅호걸께 다 같이 건배를 제의합니다!"

"좋지! 소장이 선창할 테니 '위하여'를 외쳐 주시기 바랍니다!"

총관 방야호가 술잔을 높이 들고 외쳤다.

"황제 폐하와 영웅호걸을!"

"위하여!"

모두가 한목소리로 '위하여'를 외치자 제법 단합된 분위기가 되었다.

송별연은 전체적으로 화기애애한 분위기가 이어졌다.

이런 분위기는 총관의 환대보다는 지난밤에 정파와 사파가 연공을 펼쳐 동료들의 목숨을 같이 구한 일과 미지의 적에게 같이 기습을 당한 일, 두 사건이 정사 간에 나름의 연대감을 형성한 덕이기도 하다.

분위기가 무르익자 총관이 장도에 오르는 목탁과 탁상계를 위한 건배를 제의했다.

"내일이면 황궁으로 떠나는 장수 탁상계와 군사 목탁을 위해서 건배합시다!"

"장도를 위하여! 건배!"

총관과 탁상계는 목탁이 해적의 군사라는 호칭은 생략해 주었다. 먼저 황금 주머니를 챙겨준 덕분이리라.

술잔이 몇 순배 돌자 방야호가 자리에서 일어나 연회장 중앙으로 걸어 나왔다.

"이렇게 영웅호걸들이 항주에 모이신 이유가 한 자루 명검 때문이라고 들었습니다."

방야호가 느닷없이 명검 이야기를 꺼내자 무림인들은 긴장했다.

"그 검이 바로 저 유명한 월나라의 명장 구야자가 만든 명검 어장이라고 하더군요. 소장도 귀가 있는지라 명검 이야기는 달포 전부터 들었습니다만, 무장으로서 명검을 소유하고픈 마음보다 걱정되는 마음이 먼저 들었습니다."

총관이 명검에 대한 애착을 보이면 이야기가 복잡하게 꼬일 수도 있었다.

"본관이 걱정하는 것은 구야자의 명검은 죽음의 명검이기 때문입니다."

총관이 죽음의 명검이라며 부정적으로 이야기하자 무림인들의 표정이 어두워졌다.

"아시다시피 오왕 합려는 자신의 딸 승옥이 죽었을 때 명검 용연을 묻고 백학으로 백성들을 동굴로 유혹하여 남녀 일천 명을 순장시켰습니다."

무림인과 사가들은 익히 아는 이야기였지만 그 의미를 깊게 따진 적은 없었다.

『목탁』 3권에 계속…

초대형 24시 만화방

신간 100%, 샤워실, 흡연실, 수면실(침대석), 커플석, 세탁기 완비

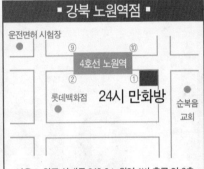

■ **강북 노원역점** ■

서울 노원구 상계동 340-6 노원역 1번 출구 앞 3층
02) 951-8324 (화용빌딩 3층)

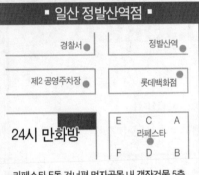

■ **일산 정발산역점** ■

라페스타 E동 건너편 먹자골목 내 객잔건물 5층
031) 914-1957

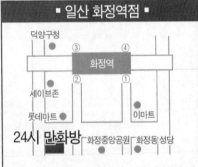

■ **일산 화정역점** ■

경기도 고양시 덕양구 화정동 984번지 서일빌딩 7층
031) 979-4874 (서일사우나 건물 7층)

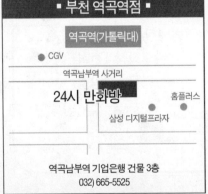

■ **부천 역곡역점** ■

역곡남부역 기업은행 건물 3층
032) 665-5525

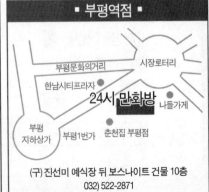

■ **부평역점** ■

(구) 진선미 예식장 뒤 보스나이트 건물 10층
032) 522-2871

월야환담

· 채월야 ·

홍정훈 장편 소설

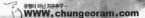

이계진입 리로디드

임경배 퓨전 판타지 소설
FUSION FANTASTIC STORY

『권왕전생』임경배의 2015년 신작!

『이계진입 리로디드』

왕의 심장이 불타 사라질 때,
현세의 운명을 초월한 존재가 이 땅에 강림하리라!

폭군으로부터 이세계를 구원한 지구인 소년 성시한.
부와 명예, 아름다운 연인…
해피엔딩으로 이야기는 끝인 줄 알았건만
그 대가는 지구로의 무참한 추방이었다.
그리고 10년 후…….

"내가 돌아왔다! 이 개자식들아!"

한 번 세상을 구한 영웅의 이계 '재' 진입 이야기!

Book Publishing CHUNGEORAM

유행이 아닌 자유추구 -
WWW.chungeoram.com

paráclito

빠라끌리또

FUSION FANTASTIC STORY

가프 장편소설

막장 비리 검사가
최고의 검사로 거듭나기까지!
그에겐 비밀스러운 친구가 있었다.

『빠라끌리또』

운명의 동반자가 된 '빠라끌리또'가 던진 한마디.

─밍글라바(안녕하세요)!

그 한마디는 막장 비리 검사, 송승우의
모든 것을 통째로 리뉴얼시켜 버렸다.

빠라끌리또=Helper, 협력자, 성령.

철백 新무협 판타지 소설
FANTASTIC ORIENTAL HEROES

大武

대무사

피와 비명으로 얼룩진 정마대전의 종결.
그리고…

"오늘부로 혈영대는 해산한다."

혈영대주 이신.
혈영사신(血影死神)이라고 불리는 그가
장장 십오 년 만에 귀향길에 올랐다.

더 이상 전쟁의 영웅도, 사신도 아니다!

무사 중의 무사, 대무사 이신.
전 무림이 그의 행보를 주목한다!

Book Publishing CHUNGEORAM

유행이 아닌 자유추구 -
WWW.chungeoram.com